SPHINX

クリスチャン・ジャック

Christian Jacq

伊藤直子［監訳］

伊禮規与美／

澤田理恵［翻訳］

スフィンクスの秘儀

上

竹書房文

主な登場人物

マーク・ヴォドワ……大企業ヴォドワグループの後継者として修業中の御曹司。

ブルース・リュークリン……マークが出資するインターナショナル誌の所属ジャーナリスト。

ジョン・ヴォドワ……マークの父親。ヴォドワグループの総帥にして、稀有な人格者。

プリムラ……ブルースの妻。カンボジアの内戦で家族を失っている。

ジュニア……ブルースの息子。未来を見通すこともできる、不思議な力を持つ。

アプサラ……父・サンボールの指示で、友人・プリムラの元へ身を寄せる。

サー・チャールズ……ＭＩ５課報員。〈スフィンクス〉の情報をブルースに託す。

アンドルー・スミス……ＭＩ５課報員。マークの協力者となる。

ジョージ……ＭＩ６の課報員。在外作戦のエキスパート。

マスード・マンスール……実業家。〈知られざる優れ人〉のひとりだが、病死した。

ハレド・アル＝アサド……世界遺産パルミラを守り続けてきた〈知られざる優れ人〉。

チャン・ダオ……歴史学者であり、中国共産党の要職に就く〈知られざる優れ人〉。

サンボール……アプサラの父親。内戦を生き延び、アンコールワットの案内人を務める。

ヒロキ・カズオ……住職。京都に隠れ住む〈知られざる優れ人〉。

ディーター・クラウド……政財界を裏から牛耳り、アメリカ大統領と取引できるほどの権力者。

ガーリン・マーケット……世界最高レベルの殺し屋。

イリーナ・ヴィンダラジャン……マークの元恋人。

無限だと思うものがふたつある。
宇宙と、人間の愚かさだ。
ただし、宇宙についてはまだ確信は持てない。

――アルベルト・アインシュタイン

スフィンクスの秘儀

上

プロローグ

世界はうまくいっておらず、ブルース・リュークリン自身も万全ではなかった。今朝はどうやってもレンジャーブーツの紐が穴にうまく通らない。今日は一日雨らしいから、取材に出かけるにはこの靴でなければいけないのだが。それに、あの慎重な哲学者が言っていることは正しかった。世界はちっぽけな上に不愉快だ。

だが、世界にスペアは存在せず、ブルースはここで戦わねばならない。元ラガーマンで、ポジションはセカンドロー、四十歳になった今でも一流チームでプレイできる力はある。現役時代は身長も体重もある化け物のような身体で、ボールを抱えたまま相手ゴールに向かい、どんな壁にもぶつかっていった。

今もそのスタイルを変えることなく、親友で、億万長者の跡継ぎ息子であるマーク・ヴォドワが出資するインターナショナル雑誌の記者をしている。

嫌いなものは、時代の空気と悪しき心根だ。いつの間にか、善が消えて、嘘とごまかしがまかり通る世の中になっている。そのことに気づいたとしても、「口に出しても考えてもいけない」決まりになっているのだ。そして、問題はここから始まっていた。なぜなら、ブルースは嘘やごまかしを決して見逃せない性分だからだ。それがあるとわかった時には、どんな状況であろうと動きだし、誰の指図も受けない。真実にたどりつく道を本能で嗅ぎつけ、必要とあればごみ箱の中まで漁る。このやり方は記事を書くごとに知れわたり、新たな調査が始まったことがわかると、追及を恐れて大勢の偽善者が震えあがるのだ。確かにマークの雑誌に掲載された記事は、いつもすさまじい反響を巻き起こした。

ブルースは雄牛のように力強く、キツネのように鋭い嗅覚で、自分の道を突き進んできた。そして、ここ一年弱は、これまで嗅いだことのない一風変わった臭いを放つパズルにはまっていた。普通、何か事件が起こった時には裏で悪人が糸を引いているものだ。ブルースはいつもそういう悪人たちを追ってきた。だが、糸を引いているのが悪人だけではないとしたら……。

この記事はいつも以上に盤石でなければならない。さもなければ、陰謀だのなんだのと非難が噴出する。まともな記事を書きたければ、横やりが入ってもうまくかわして黙って仕事を進めなくてはならない。

五回目にして、ようやく満足できる形でレンジャーブーツに紐が通った。パズルはできあがりつつあるが重要なピースが欠けている。しかも、そこから強烈な臭いが漂っていた。危険の臭いだ。

一刻も早くそのピースを見つけて、パズルを完成させなければならない。ブルースはジャーナリストの本能で、ある謎の組織の存在を嗅ぎつけていた。世の中には、自分の命を危険にさらしてまで、このろくでもない世界を導いていこうとしている人々がいる。それはいったいどこの誰なのか。その正体を絶対に解き明かすつもりだった。

1

「金はどこだ」

そう言うと、髭の男が老人の首にナイフを突きつけた。刃が皮膚に食いこみ、血が流れた。

「パルミラに金《きん》はない」老人は落ち着いた声で答えた。

パルミラというのは、遺跡が立ち並ぶシリアの古代都市だ。その老人、ハレド・アル＝アサドは砂漠のオアシスに残るこの都市で生まれ、遺跡の管理人として働いている。もう今から六十年も昔の話になるが、学生時代には考古学を専攻したせいもあって、この土地を愛し、ひと粒の石からそれぞれの建造物まで、すべてを保存して後世に伝えていきたいと願っていた。

年齢は八十二歳。〝パルミラの救世主〟と呼ばれ、たくさんの書物も出した。誇り高く、これまでの人生で恐れを抱いたことはない。だから〝イスラム国〟、いやダーイシュのテロリストたちに捕まり、紐で縛りあげられ、目の前のこの髭の男のような狂信者に脅されても、決して屈するつもりはなかった【注1】。

「さっさと吐かないと首を斬り落とす」

「私に向かってそんな口のきき方は許されない」

ハレドが言い返すと、男は驚いたような顔をした。こうした場合は命乞いをするのが普通だからだ。また、それでこそ喉を掻き切る喜びがあるのだろう。男は不安になったらしく、一瞬怯えた様子を見せた。

「おまえがここで金をつくっていることはわかっている。死にたくないなら隠し場所と金のつくり方を吐け！」

答えの代わりにさげすみの目でにらみつけると、男の顔色が変わり、ナイフの刃がさらに深く皮膚に食いこんだ。

だが男は思い直したようで、ハレドに唾を吐きつけて、バール・シャミン神殿から出ていった。

ハレドはひとり取り残された。


それでもハレドは、いずれは解放されるだろうと思った。自分は国内外で名前を知られている有名人である上に、多くの土地と建物を所有する、アル＝アサド族の代表者だ。そしてなにより、パルミラを守るためにさまざまな活動をしてきた自分を、多くの人々が支持してくれていたではないか？　各地でダーイシュの侵略が進み、家族や親しい人々に逃げろと忠告されても、町を離れるという選択肢はなかった。とはいえ、ダーイシュの危険性は十分に理解している。あの者たちは、まずシリアとイラクにカリフ制度を復活させ、次は中東全域にそれを広げていくつもりだ。

故郷を捨てて安全な場所に落ち着き、孫たちと平和な余生を楽しむ——それは臆病者がすることであり、そんな屈辱に耐えられるわけがなかった。頑固者と言われようが、ハレドはいつもこう答えた。「たとえ殺されようとも、私はここを離れない」

それに〝パルミラの救世主〟がいなくなったら、仲間たちは遺跡を諦めるかもしれない。そうなれば、ダーイシュは間違いなくここを破壊するだろう。四十年の歳月をかけて修復を行なってきた、この大切な場所を。

パルミラは砂漠にたたずむ女王のような町だ。シリアの首都ダマスカスから北東に約二三十キロ、ユーフラテス川からは南西に約二二十キロ、不幸にも各都市を結ぶ中間地点であるこの場所に、ヤシの木がおい茂る水源があった。そうでなければ、誰がこんな辺鄙《へんぴ》な場所に町をつくっただろうか。三世紀半ば、パルミラ王国のゼノビア女王は、時の最強国家であったローマに戦いを挑み、つかの間の勝利を得た。だが、繁栄と幸福は長くは続かなかった。二七二年にはアウレリアヌス率いるローマ軍がパルミラ王国を制圧し、ゼノビア女王はローマに連行され、獣のようにさらし者にされたのだ。

不幸はなおも続いた。六三四年、イスラム教徒の侵略である。幸いなことに、侵略者たちは暴挙に飽きると早々に立ち去り、あとには破壊された遺跡だけが残された。けれども、幼いハレドはこれらの列柱や神殿を愛し、日ごと、季節ごとに変化する遺跡の輝きに心を奪われた。そして、大人になり、専門知識を身につけた後《のち》に、遺跡の修復に着手したのである。ところがこれがイスラム過激派の怒りを招いた。ダーイシュはコーランが誕生する以前に存在したいかなる文化も許さない。よって、〝パルミラの救世主〟はアッラーを冒瀆する罪人とみなされた。

やがて、イラクのモースル博物館に保管されていた彫像が破壊され、ドミニコ会の修道院と図書館が破壊された。それでも、ハレドはあの世界的組織がパルミラを守ってくれると信じた。

だが、希望は打ち砕かれた。

ハレドがどれほど大切に思おうと、パルミラは古代の遺跡が残るだけの町だ。そんな町のために命をかけてくれる人は誰もいない。

自爆テロが始まると、体制に忠実なシリア軍は戦闘をやめた。過激派を制圧することはできない。やつらにとっては死が祝福なのだから。

各地で破壊活動が進む中、ハレドは自分が持つ特殊な力を用いて、パルミラが見逃してもらえるようにと祈った。こんな小さな町を征服しても、達成感は得られないから、と。

またしても祈りは届かなかった。

ダーイシュはまず、博物館の入り口を見張る「アラートのライオン像」を破壊した。重さ十五トン、高さ三メートル五十センチの石像は、狂信者たちの怒りに耐えることができなかった。あの者たちは、偽りの神に捧げられた神殿を、すべて爆破することに決めたらしい。

これで頼れるものは何もなくなった。だが、長い人生で何度も危機に遭遇し、乗り越えてこられたのは、絶対的な武器――相手を自分のペースに引きこんで納得させる力があったからである。

たとえば、ハレドが所有するパルミラで一軒きりのホテルで学会が開かれた時には、いつもはもったいぶってつまらなそうにしている研究者たちが、夢中になって知識を披露しあったものだ。

相手がダーイシュであろうと絶望することはない。交渉の余地はあるはずだ。なぜなら、やつらには弱点があるからだ。ダーイシュは金を欲しがっている。ならば、破壊をやめさせる代わりに金を儲けさせればいい。遺跡が金になると教えてやるのだ。裕福な収集家は金に糸目をつけないものであり、自分ならできるだけ価値のある美しい品物を判別できると伝えよう。これで、残っている遺跡はほぼ救えるだろう。売ったものはあとで買い戻せばいい。

無料で鑑定する上に、大金を稼ぐとなれば、あの者たちもこれ以上は自分を責めたてまい。ダーイシュは金が必要だ。パルミラから金が引き出せるとわかれば、破壊はまぬがれる。

太陽が沈み、円柱が柔らかな金色の光に包まれていた。勤労の一日を締めくくる、ハレドのお気に入りの時間だった。昨日までは、この時間になると仲間たちとその日の報告をして、明日の予定を確認していたというのに。

明日……自分に明日はあるのだろうか？　だが、諦めたら闇の掟に従うことになる。この手で修復した神殿をテロリストたちに破壊されてはならない。ハレドは囚われの場所となったバール・シャミン神殿から、ダーイシュに立ち向かう力を吸いあげていた。祖国も大切な遺跡も、諦めるつもりはなかった。

【注1】パルミラはダーイシュに占領されていたが、二〇一六年三月末、ロシアの支援を得て、シリア軍が奪還した。

2

ロンドンは腐っている。どこの街も似たり寄ったりではあるが。スコットランド生まれのブルースは、祖国の北部に位置するハイランド地方を偏愛していた。そして、冷たい暴風が吹きすさぶ人気《ひとけ》のない広大な荒野も。そこでは、ごくまれに人と会った時、最低限の言葉をかけあう。にらみつけるだけで立ち去ることができれば、なおありがたかった。

都会では人がアリのようにうごめき、車の大群が騒音と排気ガスを撒きちらす。化け物じみた高層タワーは頭のおかしな連中が建てた自己満足作品としか思えない。本当に、このところの大都市はろくでもないものに成長してしまった。

子どものころは、ロンドンに来るたび、ハイドパークに遊びに行っては、切羽詰まった顔でこの世の終わりを予言する大人たちの演説を聴いたり、テムズ川沿いにある荷役用のドックに行っては、密航者とロシアンルーレットごっこをしたりしながら、げらげら笑っていたものだ。今ではあんなふうに面白がることもなくなったが。

それでも、イギリス人はイギリスの中にとどまっていられるだけまだましだろう。島国も悪いことばかりじゃない。ヨーロッパがひとつにまとまり、英仏海峡トンネル――あんなものは閉鎖したほうがいい――ができてからも、イギリスは、フランスとドイツを出しぬいてやりたくて仕方がない。もちろんEU脱退《ブレグジット》も、遠まわりしようが必ずやり遂げるべきだ。

　ブルースはこのロンドンで、権力の中枢に切りこむための取材を続けていた。多大な影響力を持ち、裏で暗躍しているとも言われている名の知れたグループを調べていたのだ。ローマ・クラブ、G20、G7、さまざまなオカルト組織から、ダヴォス会議で有名な世界経済フォーラム、そして、あのビルダーバーグ・クラブまで。このクラブは、一九五四年、オランダのベルンハルト王配とデイヴィッド・ロックフェラーによって設立され、王位を持つ者から、国家元首、大臣、銀行の頭取、インテリのリーダー、各国のスパイまでが勢揃いしていると言われている。『エコノミスト』誌によると「ビルダーバーグ会議に出席することが成功者の証になる」のだそうだ。ところが、ここにはウェブサイトもないし(現在は簡易的なウェブサイトが開設されている)、電話は常に留守録対応で、少数精鋭のエリートが出席しているという噂の会議は完全非公開になっている。参加者はメモを取ることすら許されず、メディアに接触することも禁止され、絶対の沈黙を貫かねばならない。選ばれた人々はこうした環境の中、世界各国で起こり得る、政治や社会、経済の異変に備えている。

この手の組織はビルダーバーグ・クラブに限らない。ハーバードビジネススクール、外交問題評議会、各種ＮＧＯにいたるまで、決定権を握る者たちの集まりは、名前をあげればきりがない。

ブルースはそれらを入念に調べあげた。おっかなびっくり針でつつくのではなく、『スター・ウォーズ』のライトセーバーで切りこみながら、本当の影響力を持つ組織とかかわっている人物を特定し、リストをつくったのだ。

すると見事な相関関係が浮かびあがってきた。ブルースは自分の発見に興奮して、さらに調査を進め、ある謎の組織、〈スフィンクス〉にたどりついた。

〈スフィンクス〉もビルダーバーク・クラブと同じく、まったく接触の手立てがない。あちこちに少しばかり言及があるだけで、表に出ている人物は、マスード・マンスールという名前のアフガニスタンの実業家だけだ。ところがこのマンスールという男は、金の臭いに敏感な政財界の大物たちの集まりがあると、必ずその会合に顔を出している。いったいどうしてだろう？

普通に考えたら答えは決まっている。大物の買収だ。

だが、決まりきった答えは疑ってかからねばならない。マスード・マンスールは臭う。これには買収以外の裏があるのではないか。ブルースはこうした分野に詳しそうな人物にあてがあった。禿げ頭のバルティモア・シュマック。そこで、この男と、観光客でごった返すセント・ポール大聖堂の入り口で落ちあうことにした。

◇　◇　◇

バルティモアはマオカラーの黒いジャケットをはおり、薄緑色のスラックスという格好で待ち合わせの場所に現われた——愛車の真っ赤なフェラーリに乗って。母親はテキサス生まれ、父親はスロヴァキア人、子どものころから数学が得意で、今はITを専門とする議員秘書として働いている。バイセクシャルで、議員に対しても右派も左派も分け隔てなく、これまでゆうに十人ほどを相手に、一流のプロとして情報化社会を渡っていく技を伝授してきた。

数年前にブルースと出会ったころ、バルティモアは悩んでいた。当時、バルティモアはある国会議員の秘書をしていたのだが、その仕事があまりに嫌で、インターネットにすべてをぶちまけたくなっていた。しかし、そんなことをしたら、悲惨な最期を迎えることは目に見えている。ブルースは悩めるバルティモアを相手に、アルコール度数十七度のビールで勝負を挑み、勝ってバルティモアの拳銃自殺を回避させた。素人が政治家のスキャンダルを暴露したところで痛快なのは十秒だけで、必ずしっぺ返しが待っている。それならば、残された道はただひとつ。良心的なプロに任せればいい——つまり、雑誌記者であるブルースに。

これがふたりの出会いだった。バルティモアは、謙虚で魅力的であり、人付き合いがうまい上に、つてがないと入れない高級クラブに出入りできた。弱点は高級車、特にフェラーリに目がない。ブルースはここにつけこんだ。目の前にポンド紙幣の札束を広げてみせれば、この男は簡単に口を開く。

フェラーリの乗り心地は最高だった。バルティモアは、ユーディ・メニューイン（アメリカ出身でイギリスに帰化した天才バイオリニスト）がバイオリンを演奏するように、巧みなハンドルさばきを見せた。

「いい車だ」ブルースは言った。「おまえのほうの調子はどうだ」

「泣くほど悪くはないね」

「そう言う割にはしけた面だな」

「いんちき議員に捨てられたんだよ。でも心配しなくていい、俺を雇いたがっているやつは行列をつくっている」

フェラーリが、バスとフランスのナンバーをつけた乗用車の間にさっと割って入った。フランスの車は左側通行に慣れていないらしく、車線変更に手間どっている。

「なあブルース、金はあるか？」

「働けば給料は出るものだ。働きが良ければおまえのポケットが膨らむ」

急に道が空いて、バルティモアがすかさずアクセルを踏んだ。フェラーリは即座に反応してエンジンを鳴らす。

「あんたが狙ってるマスード・マンスール、ただ者じゃないぞ。普通のアフガニスタン人じゃない、あの国の半分は支配できるほどの億万長者だよ。部族をうまいこと操って、タリバンに抵抗していたんだ。やつらが完全な支配者になれないのはこの男のせいだったんだよ。女子校ができたのも、薬の供給も、食料品の備蓄も、全部こいつが手配していた」

「結局いいやつってことか？」

「こいつなしじゃ国が立ちゆかなくなるという状態だったんだが……。まあ、これからは立ちゆかなくなるよ」

「ということは、マンスールがアフガニスタンから逃げたのか？」

「バーミヤンの仏像、覚えているか？」

「爆破の映像なら俺もテレビで見た。インテリたちはそれほど悲観するものでもないとは言っていたな。しょせんは古い石だから、どうでもいいんだろ」

「マンスールにとっては大切だったらしい。やつはタリバンに刃向かったせいで、仏像と一緒に爆破されている。タリバンは人質の死体を返さないものだが、木っ端微塵に吹きとばされたら、さすがに返したくても返せない」

「〈スフィンクス〉、こっちに聞き覚えは？」

バルティモアの運転が乱れた。

「やめておけよ、ブルース。あんたにだって限界ってものがある」

「すごく閉鎖的なクラブらしいな」

「知らないよ」バルティモアは言い張った。

「俺はなめられるのが大嫌いなんだ。下手に出ているうちに、言うことを聞いたほうがいいぞ。俺を怒らせたら痛い目にあう」

「ばかなことを言うんじゃない、ブルース」

「すまんな、ばかなことを触れまわるのが俺の仕事だ」

「〈スフィンクス〉は忘れろ」

「俺の記憶力はずばぬけているからな」

「食らいつくには相手がでかすぎる」

「心配するな、俺の胃袋は底なしだ。知っていることを吐けよ」

「ない……何もない」

「考えてみりゃ、おまえもいい人生だよ。俺にネタを提供するだけで、銀行口座にみるみる金がたまるんだから。だが、俺が今後いっさい払わないと言ったらどうする？　口座が空になっていくのを眺めるか、俺に協力するか、どっちだ？」

　ブルースは我慢の限界を超え、バルティモアに詰め寄った。

「関係者に会わせろ、バルティモア。今すぐに」

「おまえが怒るとエトナ山が噴火したみたいだ。なんでそうむきになる？」

「好奇心だよ、悪い癖だ」

「やめておいたほうが――」

「いいから、連絡先を教えろ」

3

ハレドは夢を見ていた。懐かしい思い出が次々と現われる。妻や子どもたちと過ごした日々、遺跡を発掘して建造物の保護活動にいそしんできたこと、それらをまとめた本を執筆したことまで……。目が覚めた時、一瞬、自分の身に降りかかったあれは悪夢であって、またいつもの生活に戻ったのだと思った。

だが、身体は拘束されていて動くことができない。やはり、ダーイシュに捕らえられたままだった。

いつの間にか、目の前にひとりの男が立っていた。中肉中背で、髪は白く、額が後退している。つぶらな黒い瞳がよく動き、鼻はとがっていて、唇は薄く、顎はくぼみ、シルバーフレームの丸眼鏡をかけていた。

男は欧米人のようで、半袖の白いシャツを着て仕立てのいい黒のズボンをはいている。

男が口を開いた。

「こんなことになってしまって残念だよ。自由を取り戻せるかどうかはあなた次第だ」

優しく穏やかな話しぶりで、攻撃性は感じられない。

「金はどこにある、ハレド?」

「いったいどこの金の話だ」

「私の手間をはぶいてくれるつもりはないのだな。私があなたをイスラム国の友人たちに引きわたせば、あなたは首を搔き切られる。あの者たちにとって、あなたは異教徒よりもたちが悪い。誰も助けに来ないから、もっと理性的になったほうがいい」

「きみは何者だね」

「あなたの命を救える者だ。おとなしく質問に答えれば、あなたはこのまま〝パルミラの救世主〟でいられる。イスラム国の人間であっても、信条を侵されなければ、時には寛大になれるものだ。イスラム教徒にふさわしい振る舞いを見せれば、あの者たちも好意を持ってくれるだろう」

「飲み物が欲しい」

「砂漠の真ん中で水を得たいなら、それなりの対価を払ってもらわねば。金はどこだ、ハレド。どうやって金をつくっている?」

「なんてばかげた質問だ」

「私を失望させないでくれたまえ」

「財宝などない。パルミラの財宝は、神殿と円柱と石像だけだ!」

丸眼鏡の男は腕を組んだまま、ゆっくりとあたりを歩きまわっている。

「あなたの言葉にはがっかりだ、ハレド。あなたが九人のうちのひとりであることはわかっている」

思わず身体が硬直した。

最悪を予想していたにもかかわらず、それ以上の衝撃があった。

いったい誰が自分を裏切ったのだろうか。

「その様子では、認めたということだね。ああ、そうとも。カードはほぼ私の手に揃っている。そして、あなたが金のありかを教えてくれたら、私のカードは完璧になるのだよ」

「何のことか、まったくわからん」

「つまらない真似はやめたまえ。あなたのような人間は現実を否定できないものだ。知性が邪魔するのかもしれないね。死にたくなければ、とにかく誠実になることだ」

ハレドは打ちひしがれながらも、どうにか気持ちを立て直そうとした。ダーイシュに立ち向かう準備はできていたが、まさかこんな敵が現われるとは思ってもみなかった。

「マスード・マンスール……あなたの大切な友人ではなかったかな？　マスードは長患いで死んだわけではないのだよ。確か、彼も九人のうちのひとりだったようだが……。友人の消息が途絶えて、あなたはさぞかし動揺したはずだ。教えてあげよう。マスードはタリバンに捕まったあと、身体に大量の爆薬を巻きつけられて、アフガニスタンにあったバーミヤンの巨大仏像もろとも吹きとばされたのだよ。なぜ仏像が狙われたのか。それは、タリバンがあの二体の仏像を、異教徒の王と王妃であると考えたからだ。タリバンにとっては、なんとも耐えがたい光景ということだな！　マスードは自分が捕まる前に、国際社会に警告を発しようとしたが、こうした場合の常として、われわれの側で率先して動く者はいなかった。あなたも爆破の映像は見ただろう？　二体の仏像が粉々になった時、あなたの友人は特等席にいた。発破装置はマスードだったということだな」

ハレドは泣いた。

涙があふれ、いつまでも止まらなかった。

確かにマスードは友人だった。いや、友人という言葉ではとうてい言い表わすことのできない、絶対に離れられない九人の仲間のうちのひとりだった。ずいぶん昔にマスードの消息が途絶えた時、ハレドも独自の調査を行ない、マスードは病気で亡くなったという報告を受けていた。あれは結局、偽りの結果に慰められていたということか。マスードが自然死だったと知らされたあと、九人でいるべき仲間たちに新たなメンバーは加わっていない。新しく選ばれた仲間が、八人が見守る前でマスードのあとを継ぐその時を楽しみに待っていたというのに。

だが、今日、真実が明らかになった。

誰かが九人を抹殺することに決めたのだ。

マスード、ハレド、そして残された全員を……。

男の足が止まった。唇が少し動き、軽い笑みが浮かんだ。

「よろしい。理解してもらえたようなので、これからは真剣に話ができる」

衝撃はどうにか過ぎ去った。今は気持ちを立て直さなければならない。男がどういう調査を行なったのかは知らないが、すべて把握できたわけではないだろう。

「私をだまそうなどとは考えないことだ、ハレド」

男の口調が打って変わり、厳しくなった。

「一六二三年、パリの街の壁という壁に、驚くべき文言を載せたポスターが貼りだされた。それにより《この地に見える姿と見えざる姿で滞在している》九人の信心会の存在が明らかになった。なぜ、あなた方は自ら姿を現わしたのか。それは、われわれの世界が危機的状況にあると考えたからだろう。古代より、信心会は常に九人の集団となり、人類が闇にのみこまれないよう力を尽くした。そちらに比べたら、現代のわれわれが行なう警告など、まるで素人に思えるのではないかな？　それでも大事なことだけは伝えておこう。あなたには、貪欲な人間や権力者に追われる生活をやめて、表舞台に戻ってきてもらいたいのだ。

あなた方は、ピラミッドを建立したヘルメスの魂を継ぐ者であり、その後のファラオの時代を生きたエジプト人であり、ピタゴラス学派として活躍したこともあった。そして、なんといっても、錬金術師【注2】だったのだ。十七世紀に追われる身となり、中にはガレー船で命を落とした者もいるだろう。それでも、あなた方の偉大な秘儀は守られ、後世に伝えられた。世界は変わり、もはや九人の居場所はない。そう、あなた方が〈知られざる優れ人〉として存在できる場所はもはやないのだ。仲間に頼ろうとしても無駄だ。私だけがあなたを助けられる。受け継いだ秘儀を教えてくれるなら、私はあなたを生かしてあげよう。金をつくることはむしろどうでもいい。私はその過程に関心がある。手を組もう、ハレド。信心会のことは忘れるのだ。あれはいずれ消滅する。それより、幸せな老人として暮らせばいい」

甘かった。この男はすでに十分な情報を集めている。男はうなだれるハレドの正面に立って話を続けた。

「考える時間が必要だろうから、明日の朝、祈りのあとでまた来ることにしよう。その時までに決めておいてくれ。あなたが口を割るのか、あるいは首を掻き切られるのか」

【注2】九人については、のちに〈知られざる優れ人〉と名づけられた。参照文献：ミル

チャ・エリアーデ『エリアーデ著作集　第五巻　鍛冶師と錬金術師』大室幹雄訳、せりか書房、一九九三年。ミルチャ・エリアーデ『エリアーデ著作集　第一～三巻　宗教学概論一～三』久米博訳、せりか書房、一九七七年、一九七八年、一九八一年。Dictionnaire critique de l'ésotérisme（『秘教主義の批評辞典』）、sous la direction de Jean Servier,P.U.F., 1998 ; B. Gorceix, La Bible des Rose-Croix,（『薔薇十字の聖書』）P.U.F.,1970 ; Christian Jacq, La Tradition primordiale de l'Égypte ancienne selon les Textes des Pyramides（『ピラミッドの文章から見る古代エジプトの原初の伝統』）、Grasset, 1998 ; René Le Forestier, L'Occultisme et la franc-maçonnerie écossaise（『オカルティズムとスコットランドのフリーメーソン』）、Perrin, 1928.

〈知られざる優れ人〉は、時に敵対する勢力に出会いながらも、その手をくぐり抜け、今日まで生き残ってきた。中には捕まって拷問された者や処刑された者もいたが、九人は結束を破ることなく、後世に古の炎を伝えつづけてきたのだ。

4

だが……。

ハレドは男の言葉が耳から離れなかった。「世界は変わり、もはや九人の居場所はない」――この言葉が正しいのであれば、これ以上戦う意味があるのだろうか？　いや、あの男はきっと、自分を諦めさせるために嘘をついているのだ。

今わかっているのはマスードが死んだことだけだ。〈知られざる優れ人〉を亡き者にするという計画によって暗殺されたのだ。ということは、秘密を漏らしたところで、自分もきっと殺される。

少なくとも、家族はホムスの町に避難しているので心配はない。遺跡についても、ダーイシュがやってくる前に、希少価値のあるものはすでに国外に移送しておいた。ほんの一部であっても、これで後世にパルミラの記憶が刻まれるはずだ。

いずれ神殿はひとつ残らず爆破され、円柱もすべて倒される。イスラム教が誕生する以前に存在したものはこうして消されてしまうのだろう。大国は黙って眺めているだけだ。抗議の声明文が発表されて、そのあとは速やかに忘れ去られる。ハレドには、それがまるで大国がダーイシュに宛てた承認のようにも思えた。古代都市が破壊され、老いた考古学者が殺されたところで、どうということはない。

丸眼鏡の男は、九人のうち、マスードと自分のふたりを探り当てた。残りの七人もすでに調べあげられたのだろうか。みんな捕まるか、殺されてしまったのだろうか。いずれにしても、誰も秘密を暴露してはいないはずだ。そうでなければ、あんなふうに何度も問い詰めたりはしない。彼は「金はどこだ?」と聞いてきたのだ。

あの男からは死体の臭いがする。どうやってもここから抜け出すチャンスはない。

〈スフィンクス〉計画を実行に移す時が来たようだ。

いつの間にか、また別の髭の男が現われて、目の前に水とパンを置いた。

「おまえは金持ちになりたいか?」ハレドはその男に話しかけた。

すると、男の目が輝いた。

「私は金を持っている。たくさん持っているぞ。私が誰かわかるか?」

男がうなずいた。

「おまえに千ドルあげよう」

　男は唾をのみこんだ。

「ここにモクタルを連れてくるのだ。ムハンマドの息子で、博物館で働いている。連れてきてくれたら、金を払おう」

　話が終わるやいなや、男が立ち去った。モクタルはダーイシュに傾倒し、この間も、ベールですっぽり身を隠していなかった少女を足蹴にしていたほどだ。いわば〝イスラム国〟の完全なる同志。そんな人間を連れてくるだけで金をもらえるなら、断わる理由はないだろう。だが実際のところ、モクタルのこうした行動は、生き残るための知恵だった。

　すぐに、痩せて頑固そうな顔をしたモクタルがやってきて、ひざまずき、ハレドの手に口づけをした。日ごろからハレドのことを父親や保護者のように思い、慕っていたのだ。十八歳ながら、母親を失ったあとは、八人いる弟や妹たちを養っている。ハレドに忠誠を誓い、必要とあれば命を捧げる覚悟でいる。

「何なりとおっしゃってください。お言いつけに従います」

「私は間もなく死ぬようだ」ハレドは言った。

「まさか、そんな……アッラーが救ってくださいます！」

「死の宣告を受けているのだよ」

「私がハレドさまを守ります」

「やめなさい、モクタル。そんなことをしたらおまえも命を落とす。それより、一カ月前、おまえに話したことを覚えているか？」

「もちろん、ひと言たりとも忘れておりません」

「あれを行動に移す時が来た。私のメッセージを送ってくれ」

モクタルはお辞儀をすると、すぐにも仕事に取りかかりたい様子で去っていった。

メッセージを送るといっても、それはまるで、大海に手紙入りの小瓶を託すに等しい行為だった。うまくいく確率はどうしようもなく低い。

ハレドは髭の男が置いていった食事を眺めた。自宅で客人たちにふるまったご馳走に比べたら、それはあまりに慎ましい。それでもハレドは、ぬるまった水も、生焼けのパンも、ひと口ごとにゆっくりと味わった。これが長い人生を締めくくる最後の食事になるのだから……。

思えば、遺跡こそが自分の人生だった。砂を掻きわけて探し出したものからは、かつてパルミラにいた住民たちの息吹が感じられ、円柱を補強して、古の神殿を美しく整えるうちに、死は恐ろしいものではなくなった。今日、ついに目の前に死を突きつけられた。もはや期限を先にのばす方法はない。

八十二歳という高齢でありながら、今も予定はぎっしり詰まっていて、年齢の影響を感じたことはなかった。やるべき仕事が山のようにあって、果たすべき責任を大量に抱えているというのに……。人はこの世に生まれ、消えていく。実は、機械に支配され、荷物のように扱われていることに気づくことなく。そして〈知られざる優れ人〉が戦う相手こそが、この機械だった。九人はここまで幾世代もの間、命を危険にさらしながら機械と闘ってきたのだ。

それが今、袋小路に追いこまれた。

こんな終わり方は思ってもみなかったことで、どうしても諦めきれない。だが、ここから逃げ出すことは不可能だ。金で助けを求めようにも、誰もがダーイシュを恐れている。裏切りがばれたら即刻処刑されてしまうからだ。

モクタルは頼んだことをやってくれるだろうか。あるいは、恐れをなして、〈スフィンクス〉計画を闇に葬るのか。もはや自分の運命をどうすることもできず、ハレドは神殿の壁にぐったりともたれかかり、夢の中に逃避した。

5

「いらっしゃいませ、当家にお越しのご用件は」

「おまえさんのボスを頼む」

「おっしゃることが――」

「俺はブルース・リュークリン、ジャーナリストだ。早くしてくれ」

　執事は何も答えられず、喉元だけを忙しく上下させている。サー・チャールズの邸宅で働きはじめてこのかた、こういうぼさぼさ頭の大男を受け入れたことはない。それでも、ブルースのスコットランド訛りにすぐ気づいて、がさつで図々しい態度に納得した。「お約束はございますか?」

「ああ、今、取りつけているところだ」

「おそれいりますが、それではお取り次ぎいたしかねます」

　ブルースは執事にスマートフォンの画面を見せびらかした。

「俺はSNSにフォロワーや友だちが大勢いる。サー・チャールズのことを教えたら、そこからつながる千人を超える大ばかどもが、この美しいケンジントンを汚す小児性愛者を吊るしあげに来るだろうな」

「あなたは……いったい何を……」

「その唾をのみこんでくれ。いいから主人のところに連れていけ」

執事はブルースを玄関に入れて、応接間に案内した。中は古式ゆかしくヴィクトリア朝様式の家具が並び、壁にはトラファルガーの海戦やワーテルローの戦いに勝利したことを讃える絵が飾られ、あちこちに本物の中国の大きな壺が置いてある。

すぐにサー・チャールズが現われた。

背が高く、痩せていて、唇の周りを細い口髭が囲んでいた。ジャケットはネイビーブルー、ガーネット色の蝶ネクタイを締め、グレーのネルのズボンをはいている。宗教史の教授であり、ランカスターの成金の総領息子が、じっとブルースを見ていた。

「きみが言っていたあれは恐喝かね？　リュークリン君」

「まさか、そんなつもりはまったくないね」

「だが、あれに私が飛びつくと思っている？」

「それは確かだ。まあ、難しいことは考えないで、座って話そうじゃないか。そうだ、何か飲み物はないか？」

「スコッチウイスキーはいかがかな」

「あんたが好きになってきた」

サー・チャールズはクリスタル製の小さなカラフェを持ちあげ、ふたつのグラスに琥珀色の液体をたっぷりと注いだ。

「こりゃいい」ブルースは喜んだ。

「どういった理由で押しかけてきたのかね」

「わからないのか？」

「きみの記事を読んだことがあるが、私はきみが狙っているタイプではない。普段はデリケートな問題ばかり追っているのだろう？ 私は、すでに消えてしまった昔の宗教を研究しているだけだ。取材したところで金にはならんよ」

「人生は金だけじゃない。大事なのは理念だ。この分野ではあんたが強い」

相手の目が揺れたように見えた。

「いったい何のことを言って――」

「〈スフィンクス〉」

自分を抑えきれなかったのか、サー・チャールズの身体が少し動いた。獲物を料理するプロとして、当然この機会は逃せない。

この人物で正しかった。

「伝説のスフィンクスはユートピアにいるものだろう?」サー・チャールズが答えた。

「じゃあ、ユートピアで戦っているのは誰だ?」

「伝説のヒーローではないかね。スフィンクスなど、もはや子どもですら興味がないようだが」

「俺は子ども心を失っていないから、猛烈に興味がある」

サー・チャールズがウイスキーを飲み干した。酔っている様子はまったくない。

「マスード・マンスール。この人物が、〈スフィンクス〉クラブの代表か?」ブルースは攻勢をかけた。

「マンスールは死んだ」

「どこで?」

「アフガニスタンだ。恐ろしい手口で殺されたのだ。生きたまま爆弾にされてしまった」

「何を探していたんだ、このマンスールという人物は? 〈スフィンクス〉はいったい何を探していた?」

「私にわかるわけがない」

「マンスールはあんたの友人だろ?」

「彼は立派な人間だ」

「なぜ?」

「人類は生き残ると信じていたからだ」

「あんたはどうなんだ?」

「私はクラブのメンバーではない」

「それなら、メンバーは誰だ」

「まったく見当がつかない」

「頼むよ、サー・チャールズ」

「ほぼわからないということだよ。マンスールには敬愛する魂の兄弟がいた。一度話してくれたきりだったし、明らかに、私に話したことを後悔していたが」

「その人物の名前は?」

「ハレド。シリア人の考古学者だよ。パルミラという古代都市で、遺跡の修復作業にあたっている」

6

「心は決まったかな、ハレド？」

丸眼鏡の男は勝利を確信しているかのようにほほ笑んでいた。これほど屈辱的な目にあわせれば、老いた考古学者など簡単に言いなりにできると思っているのだ。確かにハレドは、アル＝アサド族の長として、あるいは今や風前の灯火《ともしび》となったパルミラの長として、命令を下す地位にいた。それがこんなふうに拘束されたまま朝を迎え、疲労困憊していた。

「頼みがある」ハレドは男に言った。

「そんなことができる立場か？」

「顔を洗って髭を剃りたい」

「要求を断わることもできるが」

「それならば、二度と私の声を聞くことはない」

丸眼鏡の男はしばらく黙って、それから口を開いた。

「見せられる顔になりたいということは、生きたいということだろう」

願いは聞き入れられた。生ぬるい水、石鹼、髭剃り用のかみそりが与えられ、ハレドはそれらをありがたく使った。そして、日々の生活に欠かすことができないこのささやかな営みを、これまで感謝せずに行なってきたことを悔いた。いつもの朝であれば、このあとに香水を振りかけ、清潔なシャツを着て、職員たちの前に立ち、あれこれ指示を出したものだ。

今日は良い天気だ。神殿にも朝の陽光が満ちて、涼しい風が吹いている。パルミラは静寂に包まれていた。かつてゼノビア女王が君臨した古代都市は、今まさに、入場を待ちかねている観光客を迎え入れようとしているかのようだった。

「支度は整ったかな、ハレド？」

「おかげで人前に立てる姿になった。感謝しよう」

「正式に協力関係が結ばれた暁には、イスラム国はあなたにアミール（首長）の称号を与えるはずだ」

「協力関係か……いったい、どんなたぐいのものやら」

「遊びの時間は終わりだ。〈知られざる優れ人〉は誰なのか、完璧なリストをよこせ。錬金術師の秘儀も渡してもらおう」

「まだそんなたわ言を言っているのかね……誰が信じるというのだ？」

「そこまでだ。話さないのであれば、あなたを首切り人に引きわたす」

「私の口から言うことは何もない」

「助かる見込みは皆無だ。まったくないんだぞ」

「決まったわけではあるまい?」

ハレドがそう言うと、丸眼鏡の男がひるんだ。老人だと侮っていても、ここへ来て、錬金術師の見えない力を疑ったようだった。それでも抵抗を悪あがきと決めつけ、警告を発した。

「終わりだ、ハレド。このままでは神殿も墓地も円柱も爆破されてしまうぞ。あくまで私に逆らうなら、あなたも同じ目にあわせる。命は大切だろう? 惜しくないのか?」

「誓いを破るほうが惜しい」

嫌なことを耳にしたかのように、丸眼鏡の男が不愉快な声で笑って言った。

「いいか、これが最後のチャンスだ。吐け」

「きさまの負けだ。〈知られざる優れ人〉はこの逆境を切りぬける」

丸眼鏡の男がアラビア語で命令を下した。すぐにふたりの髭の男がやってきて、ハレドの肩を左右からつかんだ。

「今ならまだ命令を中止できる」

ハレドは丸眼鏡の男をにらみつけた。あまりに堂々とした態度だったので、男のほうが目のやり場に困っているようだった。

髭の男たちが、ハレドをジープに押しこんだ。ハレドはそのまま、新市街の中央広場に連れてこられた。

処刑を目前にして、何を思えばいいのだろう。ハレドは実の家族に思いを馳せ、それから魂の兄弟のことを考えた。どれほど過酷な嵐に遭遇しようとも、悲惨な戦争や革命が起ころうとも、必ず人々を守ると誓った九人の理想主義者たち……。パルミラのことも思った。世界遺産に登録されながら、守ってもらえなかった町。もはや人間は、ここでも、アフガニスタンでも、カンボジアでも、つまり世界中のあちこちで、賤《いや》しい生き方しかできなくなったのだろうか。ウィンストン・チャーチルのように、卑劣な行為に立ち向かう者はいなくなってしまった。〈知られざる優れ人〉だけが、小さな炎を守ろうとしていたのかもしれない。だがその炎はあまりに弱く、間もなく消えてしまうのだ。

少なくとも、自分は仲間たちを裏切らなかった。

中央広場には人が大勢集まって処刑を待ちかまえていた。ベールと手袋と靴で全身を黒く包んだ亡霊のような女たちが、ハレドを糾弾するシュプレヒコールをあげている。ムハンマドよりも前の時代に存在した遺跡を修復した不心得者が許せないのだ。

ひとりの男が、その不心得者が犯した罪を書き記したボードをハレドの首にかけた。

大声で叫ぶ群衆の最前列にモクタルの姿が見えた。青年は目配せで、頼まれごとが完了したことを知らせてくれた。

手紙を入れた小瓶は大海に放たれたのだ。これで心穏やかに死んでいける。未来のことは、もう自分にはどうすることもできない。

死刑執行人がナイフを振りかざしながら近づいてきた。ハレドはもう一度、同じ道を歩んだ八人の顔と、全員で最後に会った時のことを思い出した。あの時は、危険は迫りつつあるけれども、戦っていけると信じていたのだが……。

〝イスラム国〟の新しい権力者たちがハレドを取り囲み、ハレドの家から強奪してきた金目の品々をばらまいた。寝具、クッション、食器、ランプ、キャビネット、小箱、コンピューター用品、本、絵画。子どもたちは「殺せ」と叫びながらハレドをののしっている。

丸眼鏡の男はすでに車に乗り、自家用ジェット機が待つ場所に向かった。あちこちで外せない約束が待っている。男にとっては今回の失敗など、もはや過去のものになっていた。

「おまえの首を掻き切ってやる」ナイフを持った男がハレドに言った。「それから、身体を八つ裂きにする。おまえの身体は太陽の下で朽ちはてるのだ」

ハレドは男をにらみつけた。

「私を立ったまま殺せ。私は生涯を捧げたあの円柱のごとく、ここに立ちつづける【注3】」
　群衆の歓声を背に、男は憤怒の形相でナイフを握りしめた。

【注3】『パリ・マッチ』誌、三四九〇号、二〇一六年四月発刊。四十四ページ。「古代都市の責任者は、首を掻き切られたあと、十字架に吊された。切り落とされた首は足元に置かれた。刑は遺跡の入り口で執行された」

その国連（国際連合）の高官は最悪の気分だった。妻はほかに男がいるようだし、子どもたちは勉強をしようともせず、まったく手がつけられない。小遣い稼ぎに始めた株は値崩れするばかりで、昇進を得るためにはライバルと死闘を繰り広げなければならず、上司は無能ときている。

7

とはいえ、自分の年齢を考えたら、正しい行ないや真実に目を向ける気持ちにはなれなかった。そんなものに身を投じたところで、得るものなど何もない。とりあえず昼食の時間になれば、メキシコ人の愛人が気持ちをほぐしてくれるだろう。高官はいつもこう言い含めていた。「妻とは離婚するつもりだ、そうしたらきみと結婚しよう、補佐官のポストも用意してあげよう、南国でバカンスを楽しもう、素敵な家も建てなければ……」それで、万事うまくいっている。我慢してつまらない生活を送る必要がどこにあるというのだ？

仕事のメールは秘書があらかじめ選別を行なっていた。たいてい九十パーセントがごみ箱行きとなり、残りは胃痛の原因となる。今日はこれ以外に、もはや絶滅しそこねた最後の恐竜だけが利用する郵送という手段によって、手紙が一通届いていた。切手が少なくとも十枚は貼られて、アラビア文字が書かれている。

　高官は警備員を呼んだ。

「これをラボで開いてきてくれ」

　爆弾が仕掛けられている可能性は否定できない。

　結果、異状は認められず、高官の手元に一枚の黄ばんだ紙が戻ってきた。中味はたった一行だった。

《〈スフィンクス〉を作動させよ》

「なんということだ！」高官は小さく叫んだ。「ついに始まったのか」

　あの組織の存在を知る者は多くはない。本来であれば、自分も知る立場ではなかった。彼がきっかけは、王族主催の晩餐会だった。その席で偶然、考古学者のハレドに出会った。彼とは共感できる話題が多く、いつしか互いに打ち明け話になって……。高官は焦燥感にかられ、自分もその組織の一員になりたいとさえ感じた。だが、職務を放り出すことはできない。そこで、危険が迫ったら手を貸すとハレドに約束したのだ。《〈スフィンクス〉を作動させよ》というメッセージを受け取ったら、その時には自分が動く、と。

　手紙には昨日の日付が記されていた。今日、世界は変わってしまった。アメリカはかつてないほど自国の法を押しつけようとしている。全世界にイスラム教が広がり、コンピューターは幅をきかせ、世の中には悪事がはびこっているではないか。

負けが決まった戦いに手を出す時ではない。自分は臆病者だから？　いや、経験を積んだ人間の理性的な判断だ。

高官は、ハレドの手紙をシュレッダーにかけた。

〈スフィンクス〉は死んでしまったのだ。

◇　◇　◇

ドイツのバイエルン出身のその実業家は、朝五時に起きて夜中の零時まで働きつづけ、自分の成果に満足していた。レバノン人の母親とトルコ人の父親を持ち、もともとビジネスセンスには定評があったが、メルケル政権のおかげで大金が手に入り、それを元手に世界に打って出たところ、莫大な富が手に入った。

金は人を幸せにする。金が金を呼ぶサイクルができあがってしまえば、少し気晴らしをしたくらいで、好調な業績の妨げにはならない。セックスにふける者、エクストリームスポーツにのめりこむ者、あるいはボランティア活動に精を出す者もいるだろう。ドイツの実業家の場合、それは遺跡巡りだった。

中でもパルミラにひと目惚れしてしまったのだ。特に、ローマ帝国を打ち破り、砂漠の真ん中に帝国を築いた勇猛果敢なアマゾネス、ゼノビア女王に。ほんの数年の天下であっても、あの栄光は本物だったじゃないか！

実業家は神殿や円柱、石像の購入を試みたが、いくら金を積んでも、ハレドという名の老いた考古学者は頑として首を縦に振ってくれない。

納得できず、何度も話しあったものだ。

そしてようやく謎が解けた。ハレドはただのハレドではなく、古代から続くある組織の一員だった。組織は時代錯誤的な価値観を踏襲し、悪の手から人間を守ることを本意としていた。

ばかげているが、クールで面白い。実業家は、多少人生に退屈していたこともあって、すぐにハレドの提案に飛びついた。契約ではなく、約束を交わしたのだ。必要とあれば手を差しのべよう――それがクールだと判断された場合に限って、ただ自分が楽しむためだけに。

今日、机の上に、切手だらけの汚れた封筒から出された手紙が置いてあった。

書かれてあったメッセージは

《〈スフィンクス〉を作動させよ》

ハレドから届いた、火急の救助要請だった。

そうはいっても……自分には関係ない話ではないか？

パルミラは確かに素晴らしい。だがイスラム国に占領されたあと、主要な神殿は破壊され、古代都市はもはや見る影もない。それに、ハレドは友人でもなければ大事な取引先でもないのだ。偶然出会った者まで全員救ってやらなければならないとしたら、いくら命あっても足りるものではない。

ドイツの実業家は手紙をちぎった。もはや紙の時代は終わったのだから。

8

ロンドンに滞在する時、ブルースはいつも、大英博物館のそばにある小さなホテルに宿泊する。設備はたいしたことはないが、このホテルは気心の知れた女友だちが経営していて、本物のウイスキー、ピスタチオ入りのソーセージ、ガチョウの油で炒めたインゲン、それから、昔ながらのプディングを出してもらえるのだ。おかげで、スコットランド人であっても、敵だらけのロンドンで生きていける。

そして、絶対に欠かすことができないものが、多層式羊毛マットレスのスーパーハードタイプ。百二十キロの体重を支えられるので、赤ん坊のようにぐっすり眠れる。

ブルースは快適なマットレスで目を覚まし、いつものようにテレビをつけた。それから、熱いシャワーを浴びてニューロンを生き返らせた。

赤毛の女友だちが部屋に朝食を運んできた。ブルースはその匂いで急激に腹が減った。

「元気そうじゃない。顔に皺《しわ》ひとつないわね、ブルース」

「化粧のおかげに決まってるだろ。そっちの調子はどうだ」

「まあまあってとこね。そっちこそ、もう取材が始まっているの？」

「おまえは知らないほうがいい」

「じゃあ、奥さんに愛想を尽かされてない？」

「俺が家にいなきゃ、ばっちりだよ」

　妻のプリムラは、アンコール遺跡のそばで生まれたカンボジア人だ。息子がひとりいて、三人はアイスランドで暮らしている。自宅近くに温泉が湧く火山はあるが、人家はない。アイスランドにはあまり人がいないのだ。プリムラは、ブルースと同じくらい孤独と風を愛していた。故国の内戦で家族を皆殺しにされてから、人とかかわることを望まなくなったのだという。プリムラには、アイスランドの荒々しい自然のほうが、人間よりもしっくりくるようだった。

　ブルースは巨漢で、プリムラはほっそりしている。ブルースは大声でがなり立てるが、プリムラは落ち着いていて静かだ。まるでファルスタッフ（ヴェルディ作のオペラに登場する太った老騎士）とシンデレラのような夫婦だが、ふたりにはふたりだけに通じる愛があった。そして、息子のブルース・ジュニアは驚異的に出来がよく、しかも特別な子どもだった。

　プリムラには結婚前に、たとえ命の危険があろうと、好きなように仕事をすると伝えてある。ということは、何か起こったあとではなく、起こる前に泣いておかなければならない。だから最悪を予想して、すでに涙の別れはすませてしまった。あとはその日が来るまで、アイスランドの大自然を心ゆくまで楽しめばいい。

ブルースは、ちょうどよく焼けたソーセージを噛みしめながら、書類を広げた。

どうにもしっくりこない。

一方に、裏で糸を引く怪しい一団。もう一方に、〈スフィンクス〉。こっちはえりすぐりの悪人と何かが起こっていたはずだ。そしてマスード・マンスールという、やけに気前のいいアフガニスタン人の慈善家がいた。このマスードが引っかかる。

世界を動かすソフトウエアの中のノイズだ。

ひょっとして自分は、非常に大がかりな、新たな陰謀の渦中にはまってしまったのか？　年を取り、経験を重ねても、壮大なハッタリからは身を守れないものだ。バーナード・マドフがしでかした史上最大級の金融詐欺事件や、サブプライム問題を思い出せば、地球規模のペテンに限界がないことはすぐに理解できる。

その時、誰かがドアをノックしてきた。

「どうぞ」

入ってきた人物を見て、ブルースは声を失った。まさかこの男がやってくるとは。

サー・チャールズのお出ましだ。

「どうやってここを見つけた？」

「きみに気づけない人などいるわけがない。それに、ロンドンに滞在中のきみの動向は諜報機関に筒抜けだ」

「諜報機関ね……」

「私が何者で、誰のために働いているかぐらい、お見通しだろう」

もちろんお見通しだが、いちおうは考えるふりをした。諜報機関に通じていて、やけに腰の低い人物といえば……間違いない、サー・チャールズはスパイだ。

「それで、用件は？」ブルースは尋ねた。

「これを読んでくれ」

一枚の紙に短い文章が書かれてあった。《〈スフィンクス〉を作動させよ》

「昨晩、このメッセージが届いた」

「つまり、どういう意味だ？」

「私にはハレドという名前の友人がいる。〝パルミラの救世主〟と呼ばれている男だ。このメッセージは、ハレドが死んで〈スフィンクス〉に重大な危機が迫っている、という意味になる」

「あんたの仕事だろ？」

「ハレドは友人だと言ったはずだ。私は公私を分けている」

「それで？」

「きみが引き受けてくれないと、この件は葬り去られる」

「なんで俺がやらなきゃならない？」

「知りたがっていたじゃないか、このろくでもない世界を導いているのは誰か」

「確かに、面白そうだな」

「必要とあらば助けるとハレドに約束したのだ。だが、状況は変わってしまった。もちろん、いい方向にではない」

「諜報機関に頼めばいいだろ？」

「彼らにはほかにやることがある。〈スフィンクス〉を調査したいのなら、私の手持ちのカードを見せてやってもいい。ただし、そのあとはきみの仕事になる」

「ずいぶん気前がいいな！　俺をばかの中のばかだと思っているのか？」

「私はもう引退することにしたのだ。太陽を浴びながら、砂浜でエキゾチックなカクテルを楽しむのだよ……騙し合いの日々にさようならだ！　ブルース、これはきみが欲しがっているクスリだろ？　やるのか、やらないのか？」

「ヤク中と一緒にされても困るが……よし、あんたのカードを見せてくれ」

「誰かが〈スフィンクス〉を抹殺しようとしている。メンバーのうち、すでにふたりが消された。マンスールは爆破されて、ハレドは喉を掻き切られた。しかし、これで終わったわけではない」

「次のターゲットを知っているんだな?」

「ああ。その人物に会って、抹殺の連鎖を止めること、それから、裏で起こっている真実を突きとめること。きみ好みの仕事だろう?」

「どこに行けばいい?」

「北京だ」

「手順と相手の名前は?」

サー・チャールズが茶色の封筒を見せた。

「この中にすべて入っている」

「いくら払えばいい?」

「プレゼントだ」

「からかってるのか?」

「もう一度言っておく。これは諜報機関とは関係がないし、私は引退するのだ。それならば、この封筒をごみ箱に捨ててもよし、きみのような知りたがりのジャーナリストにくれてやるのもよし」

嘘くさい言動で人を混乱させる技量なら、サー・チャールズはチャンピオンだ。そんな男が、誰も欲しがらない熱々のジャガイモを自分に握らせようとしている。

あんなものを受け取ってはならない。ブルースには良識も人並みのＩＱもある。さっさとサー・チャールズを追いだして、あとはテレビでアニメを見ながらソーセージをたいらげるべきだ。

その代わりにブルースは、手をのばして封筒を受け取った。

9

行き先がどこであろうと、ブルースはリュックサックしか持っていかない。そこに最低限必要なものだけ――ズボン、シャツ、下着、替えの靴、消毒液と鎮痛剤と下痢止めの救急セット――詰めこむのだ。必要なものが出てきたら現地で調達すればいい。

その代わり、手首には最先端のテクノロジー機器が巻きつけられていた。親友でスポンサーでもある億万長者の息子、マーク・ヴォドワにもらったスマートウォッチの試作品だ。これに比べたら、「サムスン・ギアS2」など、時代遅れもはなはだしい。どんなアプリケーションにも問題なく対応し、通話も、留守録機能も、SNSの利用も、メールもできる。わずか四十七グラムの製品で、自立した生活が保障されるということだ。

ブルースは飛行機に搭乗する前に、手首のウエアラブル端末を使ってマークにメッセージを送った――《でかいヤマに入る》と。間髪を容れずに返事が来た――《何でも許可するが無茶だけはするな》

予算無制限の許可が下りたので、取材はぐっとやりやすくなった。マークは親友で、自分たちの間にはデンタルフロスが入る隙間もない。これまで自分のやり方に口を挟んできたことも皆無だ。世界中のどこにいようとも、少なくとも週に一度はどちらかが電話をかけ、他人には聞かせられないばか話をして、鼻を鳴らしながら爆笑する。

この間も、マークは人権について力説しながら、どこの国もラクダの尻より透明性が低いという主張を曲げなかった。つまり、親友は自分と同じくらい頭がどうかしているが、自分よりは品がある。人権といえば、これから向かう中国も、いまだに人権国家として認められていない。外交筋には〝法治国家〟と呼ばせているようだが。中国の法律はわかりやすい。「財をなす」ことに優先順位が置かれている。

サー・チャールズから受け取った茶色の封筒の中には、偽名が書かれている〝本物のパスポート〟が入っていた。マイク・ゴードン、破格のジェネリック薬品を専門に扱う製薬会社の営業部長。中国の市場が飛びつきたくなる肩書きだ。

しかも、フリーランスのジャーナリストとして税関の審査を受けるよりもずっといい。ジャーナリストはただでさえ当局の受けがよくないのに、ブルースは前回、観光客の立ち入りが禁止されている「新・万里の長城」の存在を、先頭を切って暴いてしまった。これは中国北部にできたトンネルであり、全長五千キロ、深さは百メートルに達する場所も多い。当局はここに核兵器を保管した。正式には「第二大砲」と呼ばれるこの核弾頭ミサイルが、中国の独立と安全を守ってくれるのだという。中国人民解放軍に徴兵される兵士の数はとどまることなく増えつづけ、トンネルの掘削は今も続いているらしい。

さて、それを暴露した結果どうなったか。結論から言うと、何も変わらなかった。アメリカは自国債の一番の保有国を刺激することを避けた。いっぽう、その中国も、いっそのこと情報を小出しにして、持ちつ持たれつでやっていこうというのが新しい行動方針なのだろう。二〇一五年九月、天安門広場で行われた大規模な軍事パレードに、空母キラーの呼び名で知られる弾道ミサイル、「東風21」が姿を現わした。ペンタゴンの戦略家集団は、この前菜にむせ返らずにはいられなかったはずだ。続くメインディッシュの「東風26」は、太平洋の彼方四千キロの先にある、グアムのアメリカ軍基地を爆破できる。食後のデザートには、核弾頭が三基も搭載されている弾道ミサイル。こっちは一万五千キロ先に到達するという。

こうしたアメリカと中国の関係が、平和を愛するがゆえの友好協定でないとしたら、いったい何だというのか。

北京はすっかり近代化した。ロンドンの近代化は悪夢のようだが、北京も似たり寄ったりだろう。ここはもともと、野蛮な遊牧民族との戦いが絶えない国境の町であり、劣悪な環境だった。川がないので運河を掘らねばならず、それで長江の山あいと町がつながった。おかげで、南へ向かって千六百キロも続く運河の水が、ほこりまみれの平原に養分を運んでくれた。そして、北京は空路と鉄道と道路をつなぐ拠点となることで、発展の足がかりをつかんだ。

だが、ここは人が住める町ではない。夏は暑く、冬は寒い上に、大気汚染がすさまじい。屋外に立ちこめる靄《もや》の中には、ゴビ砂漠の砂や大量の車から吐き出される排気ガスが含まれているので、北京の住民はもはや息をすることもままならない。

中国版ツイッターの「微博《ウェイボー》」でも、肺病患者は苦しそうにあえいでいる。いかれジャーナリストのチャイ・リンは、『アンダー・ザ・ドーム』というドキュメンタリー映画をつくり、大気汚染の実態を暴いた。もはや中国には、青空も、澄んだ水も、すがすがしい空気もない。この状況を国はどうするつもりなのか？

中国共産党の正式な回答はこうだ。「これは難しい問題であり、われわれも憂慮している……」あの国にとって何より大事なのは、経済が健全であることだから。では、国を支配しているのは誰か。中国を支配しているのは知られざる七人であり、その姿は彼らが召集する中国共産党の中央委員会で、年に一度、見ることができる。彼らがどうやって選ばれるのかは誰もわからない。権力の推移については、今後も不透明なままだろう。

ブルースは感慨にふけった。こんな暗黒の帝国で〈スフィンクス〉を取材することになろうとは！　偶然なのか、あるいは来るべくして来た道なのか。サー・チャールズの書類によると、接触を図る相手は、仏教絵画が専門のチャン・ダオという考古学者だった。

マスード・マンスールはバーミヤンの仏像とともに爆破され、ハレドは古代都市パルミラで喉を掻き切られた。ふたりとも、古代の石と関係が深い。〈スフィンクス〉の三人目のメンバーも過去に興味があるようだ。中国の仏教絵画は、毛沢東らによって引き起こされた文化大革命により、その多くが破壊されてしまったが。

サー・チャールズとその仲間たち、つまりイギリスの諜報機関の連中は、つくり話で自分を騙した。こっちがそれに気づいていることを、連中もちゃんと気づいている。そして、自分はもっと先が知りたい。この世界を動かしている真実のプログラム、本物のソフトウエアを探しあてるのだと考えたら、ぞくぞくしてくる。ここまで来たのだから、無駄死にしてはならない。

サー・チャールズ、チャン・ダオ……この手がかりで正しいのか、あるいは異様に手の込んだ目くらましなのか。

どっちにしろ、これまでの道は袋小路に突きあたり、すでにお手上げの状態だ。だが、今度の道はやたらと危険で、真っ暗な穴に落ちるかもしれない。不安？　そんなものはウイスキーみたいに飲み干してやる。

欲しいのは真実、それが自分のクスリだ。真実がなければ生きてはいけない。

10

北京首都国際空港第三ターミナルは二〇〇八年に竣工した。中国はこの年、植民地の屈辱を払拭すべく、百年の宿願である北京オリンピックを開催したのである。空港は驚くほど清潔である上に、ふたつの大きな特徴を持っていた。幸福のシンボルである亀の甲羅を模した赤い屋根と、制服を着た大勢の人民警察官だ。

中国の保安対策はまやかしではない。一線を越えた瞬間に警棒で殴られ、五つ星ホテルの対極にある悪名高き刑務所行きとなる。地下鉄の駅でも、エックス線による持ち物検査が頻繁に行われ、武器の持ち歩きは絶対に許されない。

ブルースは無事入国審査を終えて到着フロアの出口に向かった。その手前では、税関の職員がむっつりと待ちかまえていた。だが心配はいらない。ブルースの顔は愛嬌があるので、リラックスしていれば、一番恐ろしげな職員だろうときっと通してもらえる。

問題なし。ここもクールに乗りきった。

ゲートを出た先に、ボードを持ったタクシー運転手が大勢集まっていた。ブルースは自分の名前を見つけると、痩せて背が高く、ヤギ髭を生やした運転手に、無言のまま、ボディーが黄色で屋根は青い日本車のところへ連れていかれた。

北京ではタクシーが優遇されていて、まったく取り締まりを受けずに走行できる。ただし、走行中の喫煙は禁止されており、運転手が休憩時に立て続けに吸うため、シートには吸い殻のひどい臭いが染みついていた。

道は想像を絶する混み具合だった。もはや自転車は本物の貧乏人しか乗らず、小金を稼ぐやいなや誰もが車を買うのだという。高速道路は番号表示をつけた灰色の建物の間を縫うように走り、環状道路が少なくとも五本はある。

一般道では、各交差点に置かれた台の上で青い制服姿の警官が直立していた。少し前まではトランシーバーで違反車を摘発していたが、今は携帯電話に変わったようだ。昔使われていた拡声器が消えたわけではない。あれは手動で公式情報を拡散したい時に重宝されている。

やがて、天安門広場に面し、北京の町を東西に分断する、長安街という大通りに入った。ここもあふれ返る車ですさまじい騒ぎになっていて、F1レーサー並みの走行をしない限り、速度を保ったまま走りぬけることはできない。

ブルースの運転手は達人だった。ベンツとヒュンダイをすれすれでかわしながら、必ず相手の前に出る。恐ろしさのあまり発狂したくなければ、シートに深く腰かけて目をつぶっているべきだろう。だが……。

　このまま警察に連れていかれてしまったら？　誰かの機嫌を損ね、仲間に売られたあげく、町の片隅に消えた知りたがり屋はひとりではあるまい。

　タクシーは、紫禁城《しきんじょう》の南に位置する中山公園の入り口で停車した。

　運転手がレシートを見せ、欧米人向けの計算表を指さした。三百元、あるいは三十ユーロを払えと言っている。

「あんた、面白いやつだな。相場はこのあたりだ。これでも払いすぎだぞ」

　ブルースは百元を指さした。

　運転手は愉快そうにうなずき、渡された十枚の十元札を数え、ポケットに入れて、身振りで降りろと告げた。

　第一段階が終了した。

　逮捕に駆けつける警官もいない。今日は軍事パレードも公的なデモもないので、お家芸である化学物質ででっちあげた青空は望めず、北京の空は曇っていた。

　一帯を覆うスモッグは、ほこりやさまざまな汚染物質が原因だと言われている。

二〇一五年八月十二日、天津市の港湾倉庫で大爆発が起こった時にも、比較的距離の近い北京市の大気に多少の影響が生じたらしいが、結局、この事故による正確な死亡者数も、風で流された汚染物質の正体も、公表されることはなかった。

北京市民は公園が好きだ。中山公園でも、みんな、体操をしたり、凧をあげたり、和やかにおしゃべりしたりしている。ひとりでじっと考えこんでいる人や、密会中とおぼしきカップルもいた。ここには物売りも大騒ぎする団体旅行客も来ないので、とても静かだった。

ブルースは指示されていたとおり、散歩をする人々に紛れてゆっくりと歩いた。それから太極拳に興味を引かれたふりをして、池のそばにあるふたりがけのベンチに座った。

ここまではうまくいっている。あとは待つしかない。

大人はおしゃべりに興じ、子どもはあたりを走りまわっているが、若者も老人も一様に携帯電話を離さない。インターネットは世界を画一化してしまった。いずれは、森の奥に住む最後の未開人にも、ここにつながる日がやってくるのだろう。

やがて、古ぼけた栗色のスーツを着た老人が現われ、ブルースの横に座り『人民日報』を広げた。これは中国共産党の御用新聞であり、誰も読まないことをこの国のみんなが知っている。国民は報道の自由を信じるふりさえしない。

「不死鳥が灰の中から蘇った」老人がおぼつかない英語でささやいた。

「火が強すぎれば生きていられない」ブルースは答えた。

「その場合は天の水が火を消す」

これも指定されていたとおりの正確な合い言葉だ。

茶色の封筒に入っていた指示はここまでしかない。これから未知の領域に進む。

「あなたがチャン・ダオさんですか?」

「いや、違います。私はあなたを案内するよう言われてきました」

「では、あなたは誰ですか?」

「私は神父です。ジョセフ・チャン・イリン司教のもとで奉仕しています。司教はフランシスコ教皇の承認を得て、中国当局に任命されました。教皇は進歩と緩和を求める方で、カストロ議長を祝福されて以来、すべてがうまくいっています。中国では、数年ぶりに行なわれた司教の叙階《じょかい》の件にからみ、二〇一二年に上海の新司教が逮捕されましたが、今、当局は式典の監視くらいしかやっておりません。中国はイスラム教徒にとても悩まされているので、カトリック教徒を大切にしているのです。私の車は公園の出口に止めました。緑色のホンダです。私が先に出ていきます。あなたは五分待ってから来て、助手席に乗ってください。チャン・ダオ氏のところに案内します」

11

紫禁城は圧巻の広さだった。天安門、そして太和門をくぐると、数百ヘクタールの敷地に、寺院、宮殿、法廷、式典の間、文化的な催しが行われる場所など、さまざまな建物がひしめきあっている。十五世紀に建てられ、一九一二年に王宮としての役目を終えた後、故宮博物館に生まれ変わり、現在はその一部が観光客に開放されている。

いたるところに警備員の姿が見えた。みんな、拳銃を脇に挿し、頑丈そうなヘルメットをかぶり、真緑の制服を着て白い手袋をはめている。観光客は、迷子になることも気ままな散策も、絶対に許されない。

ブルースは、複雑に入り組んだ広大な王宮に度肝を抜かれている西欧人を演じながら、ガイドに案内されている日本人グループに紛れこんだ。歴史的事件とその発生年月日らしきものを叫ぶ声が聞こえる。

前を歩いていた神父が、竜のレリーフが刻まれている階段の足元に向かった。その上にある建物が、天子と呼ばれた皇帝が執務を行なった太和殿《たいわでん》だ。ちょうど敷地の真ん中に位置し、皇帝はここから人民をあまねく支配したという。

案外悪くない建物だと感心しながら階段のほうに歩いていくと、白いシャツを着た小学生の一団が脇をかすめていった。

神父が、五十代くらいの銀髪の男に持っていた新聞を渡した。男は品がよく、長身のがっしりとした体格で、ナイトブルーの高級スーツを着こんでいる。男が竜のレリーフが気になるそぶりを見せながら、ブルースに近づいてきた。

「ご同行いただけますかな、ゴードンさん？」本物のパスポートに記載されている偽物の名前を使って、男が尋ねた。

「そちらはチャン・ダオさん？」

男は悠然とうなずいた。ブルースは話を続けた。

「考古学者というのは、素晴らしい仕事です」

「私の国ではそうそう楽に運ぶ仕事ではありませんが」男が答えた。

「どこの寺院も大変な目にあったんでしょう？」

「文化大革命でほぼ壊滅状態になりました」

「紫禁城をつくったのは太宗《たいそう》でしたね。太宗について何か新しい発見はありましたか？」

「勘違いされておられるようだ。紫禁城をつくったのは永楽帝《えいらくてい》です」

「そうですか、実は、私は仏教画のほうが専門でして……ほら、フレスコ画が発見されたでしょう、シルクロードの南にある山の中で。グンザ川沿いだったかな?」

「失礼は承知の上で訂正させていただきたい。仏教画が見つかったのは、シルクロードの北に位置する新疆《しんきょう》ウイグル自治区の山中です。そして、あそこを流れているのはムザト川ですな」

「職業上の習癖と思ってお許しください。相手の素性を確認したいんです。今は特に」

「当然でしょう。それに、考古学も不明瞭を嫌う学問ですよ。旅はいかがでしたか?」

「くだらない疑問がひっきりなしに浮かんできて、あまり眠れませんでした。サー・チャールズとかいう変人が、答えはすべてあなたが教えてくれると言っていたもので」

「それは名誉なことです。私なりのやり方でよければお手伝いさせていただこう。ひとまず、昼食はいかがですか」

「ちょうど腹が減っていたところです」

チャン・ダオの英語にはオックスフォード訛りがあった。ということは、地方の一般家庭の生まれではなく、しばらく海外で生活していたはずだ。

ブルースはベンツに乗りこんだ。チャンは、素晴らしいハンドルさばきで渋滞をすりぬける。車内には、吸い殻の臭いの代わりに心地よいジャスミンの香りが漂っていた。

「いい車だ」ブルースは言った。「だいぶ稼いでいるようですね」

「発掘や研究はほぼ収入になりません。父がデベロッパーだったので、好景気で恩恵を受けました。その父が亡くなって、遺産を引き継いだのですよ」

「共産党は何も言ってきませんか」

「私も党員ですから。そうでなければ生きていけません。天子が得たものに比べたら、地に暮らす凡人のささやかな幸せです。でも、満足することを知らなければ」

チャンはどことなく不思議な人物だった。冷淡なところがあり、鋭いパンチを送ってくることもある。答えにくい質問を出しても、気分を害さずにさらりといなす。

「北京はかつての北京ではありません」チャンが続けた。「昔の面影はいずれ消えてしまうでしょう。いったいどこの現代都市なのかわからなくなるでしょうな。高層ビルやコンクリートの建物がひしめきあい、ファストフードとスーパーマーケットだらけになって。醜き現代化ですよ」

レストランはアートギャラリーの真ん中にあり、裕福な中国人や役職を持つ西欧人と思われる面々であふれ返っていた。シャンパンとワインのメニューは、ここに立ち寄るべきだと思わせる品揃えだ。

ふたりはあまり照明の当たらない静かな一角に腰をおろした。頭上の壁に、赤と黒の抽象画が飾られている。

「北京ダックはなかなかです。ここのシェフの得意料理なのですよ。皮の焼き加減が完璧で、スパイシーソースが素晴らしい」

「なるほど、ではそれで」

「コニャック、シャンパン、ボルドー、どれがお好みですか？」

「ウイスキーから始めて、残りもすべて試してみましょう」

　ふたりのウエイターが、三十種類ほどある色とりどりの前菜を運んできた。ブルースは焼いた虫を避けて、オーソドックスなものだけ手を出した。

「この席の魅力はひとつきりですね」チャンが言った。「盗聴マイクがないことです」

12

「テクノロジーの発達で、最近は外からでも音が拾えるでしょう」ブルースは反論した。

「この角度からは無理です。技術は絶えず進歩していますから、いずれは盗聴されるでしょう。それでも、今のところは大丈夫ですよ」

ブルースはウイスキーに口をつけた。悪くない。

「中国は超大国です」チャンが話題を変えた。「中華人民共和国憲法を前面に押し出しながら、民主主義に歩み寄る……。香港スタイルですな。重要なのは、中国共産党員を当選させる、それだけです。立場の違いは違憲ではない。中国もそこを乗り越えて、欧州委員会の投資計画に参加することを発表したわけですし」

「ダンピングを見逃してもらうためなのに？　私はここまでわざわざ国際的な裏工作の講義を受けにきたわけじゃない」

チャンの動きが止まった。

「では、なぜお見えになった？」

「真実が知りたいんですよ」

「何の真実ですか」

「あなたは真実をたくさんお持ちなんですね？」

「人は誰でもそうでしょう、ゴードンさん。この時代はお粗末な嘘の連続です。それがなくては政治も成り立たない」

「〈スフィンクス〉もそうだと？」

チャンが、正体のわからない料理をゆっくりと咀嚼《そしゃく》してのみこんだ。

「あれは伝説です」

「私は子ども向けの話が大好きなんですよ。若返った気になりますからね。それでも、中には恐ろしい結末を迎える話もある。たとえばアフガニスタンにある巨大な仏像の話、シリアのパルミラの話」

チャンは器用に箸を使っている。ブルースはフォークで食べていた。

「マスード・マンスール。思い当たるふしは？」

「よく知っていました」

「ハレドは？」

「なかなかしゃれた人でしたよ」

意外なほど率直な答えが返ってきた。

「あなた方は三人で考古学について語りあっていたんですか?」

「そうとも限りませんな」

話が素早い展開を見せてきたところで北京ダックが到着し、会話がいったん止まった。

ボルドーのグラン・クリュと合わせせるらしい。

チャンがテイスティングを行なうところを、ソムリエが緊張の面持ちで見ている。

「これで結構」

ブルースの前にはグラスのビールも置かれた。長旅のあとでは、水分を補給しなければならない。またチャンが口を開いた。

「われわれは、世界のこと、地球のこと、自国のこと、そして現代の〝がん〟である、人口の爆発的な増加について語りあいました。何であれ、物をつくる人間は幸せですよ。働きアリは自分に考える力があると思っていますが、実際は誰かが働きアリのために考えてあげているものです。いかがかな、ワインは口に合いますか」

「実は、ひとつ疑問があります。大きな疑問が」

「私で助けになりますか?」

「もちろん」

「信頼していただけて光栄ですな」

「舞台の上に、真実であるかのように嘘を演じる俳優がいる。この芝居の監督と脚本家が誰なのか、それがとても気になっています」

「つまり、影の支配者は誰なのか、ということでしょう?」

「素晴らしい。打てば響くとはこのことだ」

「かの有名な陰謀論ですね。でも、時代遅れだと思いませんか?」

「すべてを握りつぶせる最強の黒幕は、まだ誕生していませんから」

「面白い……貧しい中国人にジェネリック薬品を売りつけに来た方には見えませんね。むしろ、取材中のジャーナリストといったところでしょうか」

「なあ」ブルースは口調を変えた。「サー・チャールズから聞かされたんだろ? ブルースが〈スフィンクス〉を引っかきまわしているって」

　ブルースは北京ダックにかぶりつき、また話を続けた。

「俺が引っかかっているのは、まさにサー・チャールズとあんたのことだよ。あんたのほうは仲間をふたり殺された。俺は、今の世の中には二本の柱が立っていると思っている。一本めは、買収や改竄《かいざん》に手を出す連中。こいつらとは、職業柄ちょっとしたバトルがある。おいそれとは手出しができない政府の高官、オピニオンリーダー、実業家や財界の大物どもさ。目に見える本物のクラブをつくって本物の決定を下すやつらだ。もう一本の柱は勇者たちだ。こっちには、殺されたアフガニスタン人とシリア人、それから、今俺の向かいに座っている存命中の中国人がいる。さて、〈スフィンクス〉なる肩書きを持つ連中は、クズとお人好しのどっちだろう？」

「きみの考え方は短絡的だ。善と悪だなんて——」

「確かに、インテリの言う二元論だよ。実際のところ、善悪なんてルーペで見てもわかるものじゃない。白と黒は存在しないんだ。この世はグレーしかないからな。だが、ハンドルを握っている人間は絶対にいる。俺はそいつらを洗いだしたい」

中国人はたいてい早食いだというのに、チャンは小さい口で少しずつ北京ダックを食べている。

「中国では」チャンが話しはじめた。「三つの支配層が共生しているのだ。知恵が足りない者と、嘘つきと、人の心を操る者だよ。世の中が愚行に振りまわされていることはわれわれも気づいている。人間が増えるほど、愚行が蔓延するものだ。アインシュタインも言っていただろう。人間の愚かさは限りがないと。であれば、それを利用しなければ」

「それが〈スフィンクス〉の目的かい？」

「その反対だろうね」

「どういう意味の反対だ？」ブルースは尋ねた。

「〈知られざる優れ人〉の存在に気づいたからには、その役割についてもわかっているはずだ」

「世界規模の愚行と戦うため？」

チャンは皿をじっと見つめて言った。

「すべては古代エジプトで生まれたことだ。かの地にいたのだよ、大麦を金に、死を永遠に変えた者たちが。その者たちは九人の集団だった。そして、ギザの大ピラミッドにある王の部屋の九本の梁に、自分たちの知識を刻んだ。その時代から、九人は代替わりを繰り返し、人間が闇の世界に引きずりこまれないように奮戦している。素晴らしい寓話だろう？」

「その話が愚か者を騙すための冗談なら、なぜマスードとハレドは殺された？」

「どちらもたまたまではないかね？」

デザートの果物の砂糖漬け、マンゴー、シャーベットとともに、XO等級のコニャックが運ばれてきた。

「つまり、あんたたちは」ブルースは続けた。「全部で九人ということか。そのうちふたりが殺された。いったい誰に？　なぜ？」

「そこまで調べたのなら、目星はついているはずだ」

「俺が予想したとおり〈スフィンクス〉が人類最後の善人集団なら、そりゃ大興奮さ。錬金術師のNGOは時間をかけて調査をしないと」

「心は決まっているようだね」

「でっかい壁をぶち壊すのが俺の喜びだ。ダイナマイトを分けてくれ、導火線が短いやつがいい」

食事の締めくくりはよく冷えたシャンパンだった。高級品らしく、繊細な泡がはじけている。ブルースは胃がすっきりするのを実感した。

「今、この中国できみの正体を知っているのは私だけだ。だから、わが家に招待させてくれたまえ。胸躍る会話の続きはそこで行なうとしよう」

歩き出してすぐ、それほど飲んでいないのにもかかわらず、急に頭がくらくらしてきた。メリーゴーランドに乗せられて、フルスピードで回されている気分だ。ここは中国だから、竜かもしれない。

やられた。大スクープに気を取られ、警戒を怠った。

レストランの出口にはすでにベンツが用意されていて、ブルースは朦朧とした意識のまま、後部座席に乗せられた。

チャンがエンジンをかけている間に両側のドアが開き、ふたりの大男が乗りこんできた。

「私の助手だよ」チャンが言った。「きみが言っていた、善と悪という二本の柱の話は、それほど短絡的な問題ではないのだ。残念だが、私はチャン・ダオではない。〈スフィンクス〉という名の、善の側にいる人間でもない。実は、敬愛する先生方に頼まれたのだよ。〈スフィンクス〉を根絶してほしいと。きみはいまいましい砂の粒になって私の邪魔をするだろう?」

13

チャン・ダオは願った。このまま行けばきっと追っ手を振りきれる。きっと……。

七十歳なりに健康の不安はあるが、日ごろから太極拳をやっているおかげで、持久力には自信があった。

公安に捕まれば拷問されるかもしれない。だが、今はそのことを考えず、呼吸を保ってしなやかに走りつづけなければならないと思った。チャンが最初に追っ手に気づいたのは、ブルースに会うため紫禁城を歩いていた時だ。

マンスールとハレドの死を知ったあとで、彼は話をしてもいいと思えた唯一のジャーナリストだったのに……。

破砕装置が動きだしたのだ。誰かが〈スフィンクス〉を消したがっている。しかも、中国の当局者たちが抹殺に手を貸している。

これからのことを考えなければならない。ふたりの死後、チャンは危険を避ける意味でメンバー同士の連絡を絶った。すると、欧米人協力者のひとり、サー・チャールズが救いの手を差しのべてくれた。それが、世界的に有名なジャーナリストのブルースだったのだ。チャンは覚悟を決めた。こうなったからには窮余の策として、人類のために尽くしてきた〈スフィンクス〉の存在を明かすべきだ、と。

彼とは紫禁城で落ちあう手はずだった。

それが失敗した以上、逃げるしかない。

車を降りてから、電車を乗り継ぎここまで来た。あとは追っ手が知らないあの隠れ家にたどりつかなくては。

それにしても、いったい誰が裏切ったのか。サー・チャールズ、仲介者役を買ってでてくれた神父、まさか友人の誰かが？

いずれにしても、解決策はひとつしかなかった。この嵐を乗り越え、洞窟までたどりつけたなら、ほとぼりが冷めるまで待って、また〈スフィンクス〉の活動を始めるのだ。不可能に思えてもほかに方法はない。

しかし、誰がどういった理由で〈スフィンクス〉を攻撃するのか。

チャンは中国共産党員として高い地位に就いていた。妻に先立たれ、子どもはいない。ここまでは、できる限り慎重に生きてきたつもりだ。身のほどをわきまえた助言や忠告を行なったおかげで、警察のありようが少しは改善され、大部分の国民の暮らしがましになったと自負している。

今はとにかく、古の錬金術師から伝えられた〝変質の術〟を――鉛を金に変えるのみならず、死を生に変える術、そして、朽ち果てる運命にある物質を命あるものに変える術を守らなければならない。この術を失えば、この世は、人工知能の手を借りて人間を抹殺しようとするテクノロジーに支配される。

そう、人工知能だ。鍵は〝人工〟という言葉にある。これが人類にとって致命的な過ちになるはずなのに、〈スフィンクス〉以外、誰もその恐ろしさに気づいていないとは……。

目的地はかつての東トルキスタン、現在の新疆ウイグル自治区にあった。

中国がこの地をチベットのように占領してしまった時、国際社会はいっさい口を挟まなかった。チャンはシルクロード北路の山々で緊急発掘調査を行った際に、数百という洞窟を発見した。それらの壁は、四世紀から五世紀のものと思われる仏教画で、びっしりと埋めつくされていた。

色鮮やかな壁画の数々を素描や写真で記録しつつ、チャンはひそかに、数週間分の食料と外部と通信ができる機器を運びこんでいた。すでに、危機が迫りつつあることを察知して、この洞窟のひとつを避難場所にしておいたのだ。これほど辺鄙な場所まで捜しに来る者は誰もいないはずだから、その間に最善の対策を探すつもりだった。

洞窟は、どの壁も見事な如来像で埋めつくされて聖域と化していた。如来とは、天の光によって悟りを開いた賢者であり、彼らはこの地に降りて人間を苦しみから救おうとしたのだという。

〈優れ人〉の使命もそこにあった。物質に命を与え、闇を光に変える術は本当に存在するのだ。人間が持つ最上のものを守るために、これ以上の方法があるのだろうか？

タクラマカン砂漠、ムザト川、切り立った断崖——チャンは魅力に乏しいと言われるこの地域を隅々まで熟知しており、険しい山道に入ってからは、足を踏みはずして転がり落ちないようにゆっくりと登った。見渡す限り人の姿はない。伝説によると、この山には、イスラム教徒の中国人、つまり新疆ウイグル自治区の住民が恐れる悪霊が住んでいるらしい。ところがその正体はアプサラスという名前の天女であり、彼女は天の楽曲を奏でながら、仏陀の魂に仕えているのだという。

さすがに息が切れて、チャンはしばらく休むことにした。もうあと一時間ほど歩けば、安全が確保されるだろう。洞窟に着いたら、まずは相手の正体を確かめなければならない。

そのあとで、戦闘態勢に入る。

崖のあちらこちらに、顔料が含まれている岩が点在していた。洞窟の壁には、これらを原料にして、仏陀像や破壊者であるヘビ、それと戦う再生のシンボルの鳥、そして、当時の〈知られざる優れ人〉の姿が描かれていた。

闇が世界を支配しようとした時、彼らは真の勇者として現われた。チャン・ダオはその意志を継ぐ者であり、その使命はこの時代にあっても色あせない。

洞窟にはたいてい部屋がふたつあって、どこもそれなりに広く、神を象徴する柱で分かれている。避難場所に選ばれた洞窟には、《第一質料》を入れた鍋で金をつくる九人の錬金術師の姿が描かれていた。

陽が沈むころ、ついに目的地に到着し、チャンは洞窟に足を踏み入れながら、ようやく息をついた。

その時、目がくらむほどのまぶしい光が降ってきた。

「おかえり、チャン・ダオ。ようこそ来てくれた。私の家に」

投光器の灯りの中に、申し分のないスーツを着た傲慢な顔つきの男が、十人ほどの兵士に囲まれて立っている。チャンは思わず壁画のない壁にもたれかかった。

「ここに来たのが間違いだったな。もっとも、どこに行こうが捕まる運命だが」

サブマシンガンを構えた兵士たちがこちらに狙いを定めた。

まぶしくても、チャンは彼らの顔を真正面から見据えた。

「撃て」男が命令した。

14

マーク・ヴォドワは日中の紛糾をどうにか切りぬけ、お気に入りの避難場所であるオックスフォード大学付属のハンフリー公図書館に到着し、ほっと息をついた。この名前の由来となったハンフリー・オブ・ランカスターとは、一四四七年に逝去した初代グロスター公爵である。公爵は母校に貢献すべく、数々の貴重な蔵書を寄贈したため、オックスフォード大学が、ディヴィニティ・スクールの上に新しい図書館をつくったのだ。板張りの床に、書見台と、装丁本がぎっしりつまった書棚が並ぶ時代がかった静寂の空間にいると、マークは日々浸りきっている競争の世界から逃れることができた。

父親のジョン・ヴォドワは地球上で最も偉大な実業家のひとりと認められており、慈善活動にも熱心に取り組んでいることから、聖ジョンと呼ばれている。マークはそのひとり息子だった。三十五歳、身長一メートル八十センチ、頭髪にちらほらと白髪が混じり、額は広く、ライトブラウンの瞳がよく動く。根っからの旅好きで、独身主義者でもある。世間からは、男前で、多分野に習熟した切れ者だと噂されている。母校の先達にならい、マークも自分の枠を決めず、経済学、社会学、考古学、そして最先端テクノロジーなど、さまざまなものにチャレンジして成功をおさめた。語学については、偶然の出会いや海外生活を通じて、それほど苦労することなく多くの外国語をマスターし、水泳とラグビーはプロ選手レベルである。

ブルースとは、ラグビーの対戦相手としてスクラムの大混乱の中で出会ったが、生涯を誓う関係になるまでには、長い道のりが必要だった。

その試合後、こんどはロッカールームで喧嘩が始まった。互角の戦いで、どちらも傷だらけになっているのに決着がつかず、三度目のハーフタイムはウイスキーの一気飲み対決になった。いったい何杯飲んだだろうか。自分が先につぶれて、起きた時には名前も住所も思い出せない。ブルースがリンゴとレモンを煮出してつくった酔い覚ましを飲ませてくれたおかげで、どうにか立ちあがることができた。

しばらくはこんなふうにしてスクラムと殴りあいが何度も繰り返され、いつしか深い話をする間柄になり、まったく正反対のふたりが最終的に意気投合したのだ。

はっきり言って、ブルースは付き合いづらい。政治家の間違いは断じて許さないので、敵が何人いるのか見当もつかないし、ひとたび調査が始まると、誰もあの男を止められなくなる。まるで、周りの被害を顧みずに突進していくブルドーザーだ。

付き合いづらいが、それでもブルースは親友だ。とことん罵りあって、とことん心配しあい、世界中のどこにいようと、夜であろうと朝であろうと、どちらかが助けを求めていたら、もう一方は必ず駆けつけなければならない。その親友から連絡が途絶えてすでに一週間になる。緊急事態が発生したのなら、何があろうと救い出さねばならない。ふたりの間にはめったに見ることのない、あまりに貴重な信頼関係が存在していた。

ブルースは大スクープを取ってくると言って自信満々で北京に向かい、自分は何でもやっていいと許可を出した。その時に、無駄だとわかっていながらも、用心してくれと頼んだのだが……。

記事が載る予定の雑誌は、マークが聖ジョンに任された人気のニュースマガジンであり、紙や配信などのあらゆる形態において世界中で読まれている。これまでもブルースは、独自取材をもとに長編の超絶ドキュメンタリー記事を書き、それらが掲載されたナンバーは、爆発的な売れ行きを見せていた。

マークは親友のことを考えながらも、書見台に受け取ったばかりの手紙を置いた。

生まれて初めて父親からもらった手紙だ。封を開けると考えるだけで、パニックを起こしそうになる。

このオックスフォード大学以外にも、マークはアメリカのビジネススクールとローザンヌの工科大学に通い、エジプトのアレクサンドリアでは海洋考古学を学んだ。もともと勉強が好きだったこともあるが、マークには、人に言えば笑われるかもしれないいちずな願いがあった。父親に認められたかったのだ。母親は自分を生んですぐに亡くなった。その後、再婚することなくここまで自分を導いてくれた父親に認めてほしかった。

聖ジョンとは一年に一度だけ、四月末の自分の誕生日に親子水入らずの時を過ごす。子どものころも、青春時代も、大人になってからも、聖ジョンはいつも素晴らしいサプライズを準備してくれた。ギザの大ピラミッドでひと晩過ごしたこと、北京の紫禁城のど真ん中でディナーをとったこと、ラクダに乗ってサハラ砂漠を横断したこと、北極での朝食、アマゾンの先住民族と開いた大宴会。すべての思い出が忘れがたく、すべての瞬間が奇跡のようだった。

しかも、いつもは多くを語らない父親がアドバイスをくれた。それらはどれも単純に見えて、いざ実行しようと思うとうまくいかない。たとえば「人からどう思われているかは気にしなくていい」というもの。簡単そうなのに、日に十回は振りまわされている。

それが、誕生日でもないのにこの手紙だ。

マークは震える手で封筒を開けた。なぜ唐突に連絡が来たのか。

書いてある文章はとても短かった。

《本当のことを話しあうべき時が来た。月曜日、二十二時、空港で》

聖ジョンはニューヨークで重要な取り引きを終えて、間もなく帰国する。きっと、息子が踏襲すべきヴォドワ帝国の新方針が示されるに違いない。

だが、《本当のことを話しあう》とはどういう意味だろうか？　八十代にして、健康にまったく不安のない聖ジョンが引退するはずはない。マークも聖ジョンにはまだまだ現役でいてほしいと願っていた。

少なくとも、自家用ジェット機の下で父親を迎える前に、解決すべき緊急課題が山のように残っていた。

15

「自分について高い志を持つこと、同時に、人は元来、取るに足りない存在だと知っておくこと、そして、誰もが自分の運命に操られていることを忘れないこと」——これはウィンストン・チャーチルの言葉であり、去年の誕生日、シベリアの最果てのイズバ（ロシアの農村にある丸太小屋）の中で教えてもらったものだ。

聖ジョンはこの時初めて、上質のウォッカを飲みながら、製薬業、メディア、財政投資まで、ヴォドワグループが手がける広大な業務の全容を語った。それから、チャーチルの格言をもうひとつ教えてくれた。「恥と死のどちらかを選ぶなら、死を選ぶべきだ。つまり、いつでも神に会う準備をしておかなければならない」

それが遺言のように思えて、思わず動揺したことは覚えている。あの時は、深刻な病気を疑ったものだ。しかし、心配は杞憂に終わった。聖ジョンはその後も各所で主導権を握りつづけ、息子に新たな役職を与えることも忘れなかった。

その代償に、マークは周囲の人間からあらゆる罠を仕掛けられ、嘘の噂話を流され、忠実だった仲間に裏切られた。誰もが、聖ジョンの息子がラガーマンだった過去を忘れ、壁に突きあたればあっけなく消えるはずだと思ったらしい。

だが、マークはこの嵐を踏みこたえた。頑固さではブルースに負けず劣らずで、必要とあらば冷淡になり、サムライの刀のように切りこんだ。人はやればできるものだ。


ハンフリー公図書館を出て、マークは聖ジョン帝国の要のひとつである財政研究所に向かった。建物は、かつての巨大な鋳物工場を再生したもので、ヴィクトリア朝様式の煉瓦が手つかずで残されている。けれども目を見張るようなステンドグラス越しの光は、超高性能コンピューターを用いてグローバル市場の変動をモデル化しようとする専門家たちに降りそそがれていた。景気がどうであろうと、これこそが投資を成功させる鍵だ。スタッフは、それぞれに数学、物理、経済を極め、出身国も、韓国、日本、中国、インド、スイス、アメリカ、ポーランドと、多岐にわたっている。彼らの競争意識はすさまじいものがあり、マークは騒動に発展しかねない喧嘩の芽を見つけては排除してまわった。たとえ機械がとどまることなく性能を向上させようとも、策を弄して問題を解決するのはマークの仕事だった。もちろん、これまで何度も失敗を重ねたが、トータルで判断した場合、成功のほうがはるかに多い。

常に問題を提議する必要もある。金融のアルゴリズムはあっという間に廃れるからだ。

堅調な長期トレンドを予測していくには、延々と内部テストを繰り返し、予算をかけた技術革新を行なわなければならない。

だが、この日は朝からすべてがおかしかった。テストはいい結果が得られず、コンピューターは故障して、香港のエンジニアはケーブルを切断した。しかも、自分が出したプロジェクトをふたりのアナリストに叩かれたのである。マークは「インダストリー4・0」を発展させるために、経済活動のデジタル化を提案した。そうすることで、エネルギーコストと顧客のニーズに合わせた原材料の削減が可能になり、収益を増やせると確信したのだ。双方の意見は真っ向から対立し、会議は大荒れになった。最終的にはマークが書類をまとめ、聖ジョンが決定することで落ち着いた。

トラブルはそれだけでなかった。廃水を処理して飲料水をつくるナノフィルターの製造が遅れている。この地球規模の悲願を成就させるため、聖ジョンは全世界に先駆けて、極小スケールのナノテクノロジーを開発させていた。

使用するナノマテリアルは、頭髪の直径の約五千分の一という極小の粒子でできていて、すでに医学、化学、電子工学、そして美容業界で使用され、衣類や食品パッケージが製品化されている。

マークは昼食返上でビデオ会議を開き、シリコンヴァレー、フランクフルト、ムンバイのエンジニアたちに発破をかけた。現地時間は関係ない。聖ジョンは遅延に我慢できず、スケジュール管理の失敗はマークの責任になる。

厄介事はまだあった。帝国は今、夢の物質であるグラフェン（炭素でできた原子一個分の厚みを持つシート）をベースにした量子コンピューターを開発しようとしている。生産コストは依然として高いながら、マークはグラフェンを未来の資材だと考えていた。鉄より硬くて軽く、光はほぼ通さないが、電気はしっかり通す。人間の脳を基礎から研究しようという「ヒューマン・ブレイン・プロジェクト」（人間の脳の機能をコンピューターで再現させる全世界的な試み。欧州委員会の援助で二〇一三年開始）をきっかけに、スイス連邦工科大学や欧州連合までもがこのグラフェンに並々ならぬ関心を示し、聖ジョンも最近この動きに同調した。確かにグラフェンは魅力的だ。だが、値段も飛びぬけて高額なため、なかなか高官の認可がおりない。どうにかして納得させなければならないが、向こうが敵意をむき出しにして、悪意をもって挑んでくるのであれば、こちらもステージを一段上げて対応しなければならないだろう。

やるべきことは、交渉相手を徹底的に調べ、弱点を見つけること。聖ジョンはこの道の達人であり、帝国の調査スタッフは、常にデータを更新していくことを求められている。マークは父親の遺伝子を引き継ぎ、迅速な行動ができる上に忍耐力があり、絶対諦めなかった。しかも、越えられそうにない障壁であるほど闘志を燃やす。今は決定的な武器が欲しかった。それで敵を打ちまかしてやるのだ。

ビデオ会議は短いながらも緊迫の様相を見せた。エンジニアたちも即座に結果を出さなければならないことはわかっている。さもないと、聖ジョンが怒涛の勢いで干渉してくる。

財政研究所を出る前に、ブリュッセルにいるエコロジー派の要人からマーク宛てにメッセージが届いた。グラフェンにかかわるテクノロジー開発に対し、当初の予想よりもすんなりと行政の認可がおりる見通しだということだった。この人物はブルース式の突撃取材を恐れていた。

マークは思わずほほ笑んだ。この案件もそれほど苦労せずに解決されるはずだ。

父親に比べたらまだまだ甘いことはわかっていた。だが、のみこみは早く、聞く耳も持っている。これは稀有な能力といえるだろう。しかも、鉄の記憶力と、命がけで獲物を狙うアマゾンの原住民並みの観察力があった。おかげで敵の矢を避け、先制攻撃に打って出ることができる。もちろん、深刻な失敗もたびたび犯すが、そこからも最大限に学んできたつもりだった。座右の銘は「人は誰でも間違いを犯す。間違いを認めないのは悪魔の行ないだ」「悪魔の行ない」すなわち「道を塞ぐもの」は、ことごとく一掃されなければならない。

心配事がひとつ減り、マークは気分よく車に乗りこんだ。聖ジョンは年齢とともに、ロールスロイスのファントムが乗っていて楽だと言うようになった。これに対し、マークは、アストンマーティンのヴァンキッシュを好んで運転し、ほぼ法定速度を守って走る。パールグレーのヴァンキッシュは加速がよく、馬力があって上品だ。音楽を聴くにもちょうどいい環境なので、マークは運転中によくバッハの『パルティータ』とモーツァルトのコンチェルトを聴いていた。

ふと、父の手紙のことが頭に浮かぶ。《本当のことを話しあうべき時が来た》とは、いったいどういう意味なのだろうか。聖ジョンは無口な上に、嘘を憎み、発覚すれば絶対に許さない。そのせいで、絶対安泰だと思われていた社員が大勢解雇されていた。

ここ数年、確かに自分たち親子はあまり話をしていない。だが《本当のこと》という言葉には違和感を覚える。少しの会話でも、たくさんのことを教わったからだ。こんなことがあるなら、次の誕生日はいったいどこに連れていかれるのだろうか？

いや、今回のこれは、きっと人事に関する話に違いない。将来を見据えた責任あるポストがさらに与えられるのかもしれない。マークはそんなことを考えつつ車を走らせた。

マリア・ティーポは素晴らしいピアニストだった。世間の評価は間違っている。バッハのメロディがこんなにも比類なく優雅に鳴りひびいているではないか？　人間には魂があると信じられるほどに……。

16

ヴォドワ帝国の自家用ジェット機は、ロンドン北部の小さな空港で管理されている。聖ジョンは著名人たちにもこのプライベート空港を開放しているが、それを外部には公表していない。結果、分厚いアドレス帳からも、日々、利益が生まれている。

空港には鉄壁の囲いが張り巡らされ、野次馬や泥棒は忍びこむこともできない。空港へ続く細い道では、三カ所で、除隊したばかりの元軍人による厳重な検問が行なわれる。マークの車ですら、ハンドルからトランクの隅まで調べられた。

パイロット、客室乗務員、地上職員は、高収入が保証される代わりにいつでも呼び出しに応じ、聖ジョンが決めた規則に従わなければならない。実際の管理は責任者のジョスが行なっている。ジョスは元イギリス空軍所属の整備士であり、攻撃的な性格で、なまけ者は容赦しない。

設備としては、最新機器を備えた管制塔のほか、昔の領主の館を改築したゲスト棟があり、ここには高級ホテルのスイートルームに匹敵する部屋が十部屋と、室内温水プール、フィットネスルーム、サウナ、ハマム、そして一流レストランが完備され、いたれり尽くせりのもてなしが受けられる。

マークは所定の位置にヴァンキッシュを止めた。隣には、聖ジョンのロールスロイスが止まっていた。ニューヨークからの便が到着するまでにまだ二時間ある。昼食を抜いていたので、腹が減っていた。

「早めのお着きですね。万事滞りなく？」レストランのテーブルに着くやいなや、ジョスが尋ねてきた。

「いや、さんざんだった」

「ウイスキーはいかがです？」

「もらおう。それから、今日は食事の時間が取れなかったから、しっかりしたものを食べさせてもらえるかな」

「イノシシのパテ、アミガサタケを添えたウサギ、チーズの盛り合わせ、レモンスフレ、これくらいで足りますか？」

「十分だ」

「では、ごゆっくり。私は管制塔で到着の準備に入ります」

すぐにウイスキーと最高級のブルゴーニュワインが運ばれてきた。このあとは、聖ジョンとともにロンドンの邸宅に帰る予定だが、今日はもう運転の必要はない。ロールスロイスには専属の運転手がついている。

マークは誕生日のことを考えた。次は自分が計画を練って、聖ジョンにサプライズを仕掛けようと思った。カイロの南のサッカラにある、砂漠に囲まれたペピ二世の王墓で祝宴を開くのだ。なぜペピ二世なのか。それは、王が六歳で王位に就き、天に召される百二歳の日までその座を守っていたからだ。史上最も長い在位期間であり、今後も破られることはないだろう。聖ジョンがこの王にあやかれますように——。

携帯電話の電源を切ってひとりの夕食を楽しみ、ゆっくりとデザートを味わった。もうすぐ父親に会える——たとえ天から試練を与えられようとも、びくともしないはずの偉大なる聖ジョンに。現にここまで、聖ジョンを狙う陰謀は数えきれないほどあったが、成功した者は誰もいなかった。年を重ねても、衰えを知らないどころか、経験という名のかけがえのない贈り物をもらっているかのようだ。それが、余計なことを考えない素早い判断につながっているのかもしれない。聖ジョンのやり方や戦略はチェスの技巧に通じるものがあり、学ぶことが多かった。


ひとりきりの時間はこれで終わったらしい。

テーブルにふたりの男が近づいてきた。アメリカ人と中国人が、グラフェンのことでロンドンからやってきたのだ。どちらもひと筋縄ではいかない人物である。あるいは、投資という名のチェス盤に乗った歩兵《ポーン》といったところか。

「ちょっとよろしいかな」椅子に腰かけながらアメリカ人が尋ねた。

中国人も真似をして座った。

ふたりをホラー映画に出演させるなら、アメリカ人はアル・カポネ、中国人は毛沢東の役が演じられる。

ウエイターが飛んできて、XO等級のコニャック入りのグラスを三つ置いていった。

「あなたなら」アメリカ人が続けた。「きっと、ヨーロッパの認可をもぎ取ってくれるはずだ。うるさがたの高官にしてやられることにはならないね?」

「ならないと思います」マークは同意を示した。

中国人もうっすらと笑った。

「北京の友人たちもあなたを高く評価している」アメリカ人は言った。「成功の暁には、あなたを本物のプロだと認めよう。われわれの信頼を裏切ることのないように頼む。では、失礼する」

ふたりは立ちあがり、出ていった。

どちらもよく知る相手だ。アメリカ人は世界を股にかける原材料のトップディーラーで、中国人のほうは中国共産党の幹部であり、アフリカの土地買収の専門家だ。どちらも帝国とのつきあいが長く、聖ジョンはふたりを信頼している。逆に、ふたりを評価しない者は、自滅する傾向があった。だいたいにおいて、最も厳しい条件を出す者も、ある一定の金額で彼らの提案を受け入れるようになる。

二十二時になった。間もなく飛行機が到着する。

いつものように、最も注意を要する案件でてこずっていることを、自分は正直に打ち明けるはずだ。いつものように、聖ジョンは解決策を示してくれるだろう。そして、不本意でもそれを実行に移す。新しい手を発見したチェスのプレーヤーのように。

二十二時三十分。

こうした遅れはめったにない。マークは腕にはめたウエアラブル端末で、空路の天候を調べた。重大な障害ではないが、気がかりな気圧変動がある。だが、聖ジョンに採用されたパイロットは全員トップクラスの技術を有し、どんな状況にも対応できる。

二十三時。

どう考えてもおかしい。

マークは情報を求めて管制塔に駆けつけた。

ジョスと職員たちが、じっとモニターを見つめていた。そのうちのひとりが、一心不乱にキーボードを叩いている。

「何が起こったんだ?」マークは尋ねた。

青ざめた顔でジョスが答えた。

「見失ってしまいました」

17

「見失ったって、何を」マークは声を荒らげた。

「聖ジョンの飛行機です。モニターから消えました」

「いつ」

「一時間半前に」

「位置情報システムのトラブルじゃないのか？　機械が故障しただけだろう？」

　ジョスは首を横に振った。

「すべて正常に働いています」

「では、ジェット機のほうのトラブルだ」

「そういう場合は、機体のシステムで確認できます」

「遭難信号は出ていないのか？」

「突然連絡が途絶えて、そのあとはいっさい反応がありません。まるで……」

「まるで、何だ、ジョス」

　ジョスは答えずに唇を噛んだ。そこからゆっくりと血がにじんだ。

飛行機の爆発。

テロ。

ありえない。安全対策は徹底している。聖ジョンには警備が張りつき、ベテラン整備士が機体の部品をひとつ残らず点検していた。

「そのまま捜しつづけてくれ」マークはすぐに指示を出した。「僕は当局に知らせる」

誰に連絡をすれば、大規模な調査が始まり、早急な結果を得られるかはわかっていた。そのあとは夜の間ずっと、うろうろと行ったり来たりを繰り返し、コーヒーばかり飲んで、十五分おきに何か新しい情報はないかと確認した。

聖ジョンと帝国を恨む者はいくらでも存在する。聖ジョンがそうした人物のリストを作成させたことがあり、マークもその内容は見ていた。実際に、政財界に巣くうサメどもが反撃を仕掛けてきたこともあるが、やつらは聖ジョンを殺そうとまでは思っていなかった。

ジェット機の爆破はテロ行為であり、緻密な計画と共犯者が必要だ。あれほど限られたクルーの中に、自爆テロを起こす人物がいたのだろうか。だが、なぜ聖ジョンを狙ったのだろう？

朝七時、ようやく情報が飛びこんできた。

ジェット機は爆発し、機体が北海に飛び散ったという。三隻の船が火の塊を目撃するや、救助のために現場に向かった。イギリスの軍艦も現場に到着したらしい。目撃者の証言では、生存者がいる可能性はない。それでも、救助、もしくはブラックボックスの回収に向けて、あらゆる手段を用いた探索が始まっていた。

管制塔は交替の時間だった。誰も、ひと言も発しようとしない。マークは頭を抱えたまま打ちひしがれていた。

聖ジョンが殺された。父さんが死んだ。もう戻らない。もう話すこともできない。こんな理不尽なことが許されるのか？　これはきっと夢だ……。

ホットラインが鳴った。

ロンドンで帝国の業務を取り仕切るミラードだった。

年齢は五十二歳、独身でアジア女性を偏愛する、疲れ知らずの働き者だ。性格は攻撃的で疑り深い。グループの経財相として、世界の主だった証券取引所の相場を完全に熟知している。

「情報が漏れました」ミラードが言った。「SNSが騒ぎ出しています。主要メディアも動くでしょう。すでにインタビューの依頼が殺到しています」

「公式発表の準備をしてくれ」マークは答えた。

「今日、できるだけ早くお会いできませんか。緊急の決済が山積みです。私は慰めを口にする人間じゃないが、言いたいことはわかるでしょう。これは単純に、企業のトップが亡くなったという話ではありません。どうか聖ジョンの遺志を引き継いでください。それがお父上の願いです」

「今晩六時に、書類を持ってきてほしい」

マークは全方向でタフを演じた。心の中では、深い傷を負った獣のように、ひとりで苦しみ泣いていた。ミラードのせいで息を吐く時間すらない。だが、今はそのほうがよかった。メソメソしていても何も変わらない。聖ジョンは旅立ち、もう戻ってはこない。

ただし、その旅立ちは尋常ではなかった。マークはすでに、父親をこんな目にあわせた連中を絶対に殺してやると胸に誓った。こうした場合はたいてい、金がないとか心がくじけたとかいう理由で、被害者の側は泣き寝入りするしかない。しかし自分は違う。絶対に、犯人と犯行理由を突きとめるつもりだ。突きとめたら、どんな犠牲を払おうとも復讐を果たす。

「休んでくれ」マークはジョスに命じた。「今日の業務は部下に任せろ」

「聖ジョンが、まさか……ありえません、どうして……」

「犯人を逃しはしない」

「殺すつもりですか」

「ひとり残らず」

マークは駐車場でめまいを起こし、倒れそうになった。聖ジョンの運転手がそばに来て、ロールスロイスのドアを開けた。初めて、父親の代わりに後部座席に腰をおろした。

18

邸宅の前にはジャーナリストたちが群がっていた。インターネット、テレビ、ラジオ、新聞、もちろんパブでも、テロの話題一色になっている。聖ジョンの経歴も紹介されているが、多少にかかわらず、何かしらの間違いがあった。すでに実行犯を推定する動きさえ始まっている。

警官が盾になってくれたおかげで、マークはどうにか玄関までたどりつき、邸宅のいっさいを取り仕切る執事に迎え入れられた。古参の使用人たちもみな集まっている。

「一同、心からお悔やみ申しあげます。本当に突然のことでございました」

誰もが痛切に悲しんでいた。イギリス人は感情を表に出さないが、言葉にしなくても奥底にあるものは伝わる。

古代エジプトの石碑や石像が並ぶ広い玄関ホール、ピンク大理石の階段、応接広間、格子のはまった高窓、図書室、室内プール、居心地のいい部屋。ここがマークを育てた家で、羽を休める場所であり、長い旅が終わるたびに帰る港だった。

今日はこんなにも広く、こんなにも強い孤独を感じる。

いや、そうではない。いたるところに父親の気配があった。身体が死んでも心は残るものではないか。人間はしょせん、骨と肉の寄せ集めではないのか？　マークはピラミッドの時代にあった古い言葉を思い出した。

「人は、多かれ少なかれ、死んでいるか生きている」美しく包まれた死体が町を闊歩する……。聖ジョンなら、死にも立ち向かっていくことだろう。

「お食事を用意しております」執事が告げた。「どちらで召しあがりますか？」

「図書室に持ってきてくれ」

ここはロンドンで一、二の美しさを誇る図書館のような部屋で、古の著作から、考古学や芸術の書籍、経済学や社会学関連の論文、分厚い科学の専門書まで、多くの本が揃っている。電子ブックリーダーやタブレット端末の時代にあっても、マークは好んで聖ジョンという人物を築いたこの聖域に足を運んだ。

執事がスクランブルエッグ、トマトの肉詰め、骨付きハムをテーブルに並べた。グラスに注がれたシャンパンから、繊細な泡が立っている。聖ジョンお気に入りの朝食メニューだと気づき、マークは見るだけで辛くなった。

そこへイリーナ・ヴィンダラジャンが現われた。

背が高く、細身でありながら見事な胸をしていて、ライトブルーのサリーを着た姿はまるで女神のたたずまいだった。化粧は控えめだが、黒い瞳が飲みこまれそうなほど深く、この上なく魅力的なアジアの宮廷人の様相を加味された、フラ・アンジェリコ（ルネサンス期のイタリアの画家）が描く聖母のような顔をしている。

出身はムンバイ。インドとイギリスでエンジニアの教育を受け、マークとは、一年前にイギリスで開かれた、新しいテクノロジーに関する会議で出会った。以来、ふたりは片時も離れず、重要な催しにも揃って顔を見せている。タブロイド紙注目のカップルだった。

「さんざんな一日ね、マーク」

「さすがの洞察力だな」

「あなたはそうじゃない」

「どういう意味だ？」

「お父さまが亡くなってもわたしの気持ちは変わらない。わたしたち、別れるの」

厳しい目つきが、本心だと告げていた。

「あなたは古くさくて退屈だわ。ブルースも、あたりを破壊して歩く恐竜みたい。あなたはお父さまなしでは何もできないし、帝国を導く力はないから、グループはいずれバラバラに解体されて売りとばされるでしょうね。お金をタックス・ヘブンに移したら、南の島に行って、女に囲まれながらカクテルでも飲んでいなさい。わたしはほかにやりたいことがあるの。じゃあね、ろくでなし」

別れる？　言葉としては正確ではない。イリーナと寝たことは一度もなかったからだ。どれほど欲しても応えてもらえず、鼻であしらわれるというのに、彼女が行くと決めたパーティーには、何がなくとも連れていかなければならない。

聖ジョンは、息子の落ち着かない私生活にいっさい口を出さなかった。真摯に仕事に取り組んでいれば、それでよかったのだ。結婚となれば帝国の未来にかかわってくるので、おそらく話は違っただろうが、マークにそんなつもりはまったくなかった。

イリーナ・ヴィンダラジャンは魅力的な女性だった。快活で頭がよく、品があって、ほかの女たちに嫉妬されてもまったく意に介さない。だが、妻にするのは難しく、トラを調教するようなものだ。現に、彼女は今もパンチを食らわせてきたではないか？

すでにふらふらだったのに、これでノックアウトだった。オスのプライドを踏みにじられたからではない。偽りの恋人であっても、今日くらいは慰めの言葉が欲しかったのだ。

腕のウエアラブル端末にまたホットラインが入った。思わぬ相手からの、短くダイレクトな文章が表示されている。

《すぐ来て。プリムラ》

ブルースの妻、プリムラだ。数日前からブルースの消息が途絶えている。腕に巻いた最先端機器のおかげで、北京にいたことはわかっていた。すぐに調べた結果、通信が切られていることが判明した。つまり、誰かがブルースの手首から端末を取りあげたのだ。そして、プリムラからはＳＯＳが来た。

父親が消え、ひとりきりの友人が危機に瀕し、偽りの恋人は自分のもとを離れた。すでに限界を超えて、救急救命室に担ぎこまれてもおかしくない状態だが、ブルースとは生涯を誓った仲ではないか？

いったん肩にのしかかる重圧を忘れ、この大混乱をねじ伏せていかなければならない。

マークはミラードに連絡した。

「二日間は外部との接触をすべて断わってほしい。つべこべ言う者には、父の死を出して黙らせてくれ」

「無理です、それはどうしたって――」

「世の中無理難題だらけじゃないか。あさって、戻り次第仕事に取りかかる」

「どこに行かれるんですか」

「緊急事態が起こった」

「マーク、あなたは帝国のトップだ。私はそばに控える中心スタッフとして、どこに行くのか、何をしているのか、すべてを把握しておかなければならないんです」

「ブルースの家に行ってくる。アイスランドだ」

19

ジョスはいまだにショック状態にありながらも、プロとして業務をまっとうした。マークが空港に到着した時、自家用ジェット機は規定の点検と二重のセキュリティチェックを終え、完璧な状態に仕上がっており、万全を期して、クルーもジョスの古くからの友人が揃えられていた。

離陸後、マークの胸には父とブルースの姿がひっきりなしに浮かんだ。幸せだった思い出にすがりつくばかりで、ふたりと死を結びつけることができない。聖ジョンのほうは悪あがきだとわかっている。だが、ブルースはきっと助けられるはずだ。まだ殺されていないのであれば……。

プリムラの話が早く聞きたくて、気ばかりが焦り、上空にいる時間がかつてないほど長く感じられた。渦にのみこまれたかのように自分で自分が制御できず、腹が立って仕方がない。これではまるで、両手を背中で縛られたまま、ヘビー級の世界チャンピオンの前に立たされたボクサーではないか。もはやパンチをかわすことしかできないが、それでも、戦いを放棄するつもりはなかった。

ミラードがひっきりなしにメッセージを送ってきて、早急に返事をくれと催促してくる。世界を股にかけるヴォドワ帝国は今日も変わらず業務を続けており、一瞬でも喪に服することも許さない。

マークは次々に返事を送った。聖ジョンの魂が自分の目を開かせ、答えを教えてくれているように思えた。

ようやく、アイスランドの首都、レイキャヴィクに着陸した。

山岳仕様のフォード・ブロンコが二台待機していて、アイスランド人の運転手と、いつもは現地のグループ企業や銀行を警備している、重装備のボディーガードもいた。もちろん、ブルースの自宅も警備の対象となり、家族に危害が及ぶ心配はない。

大柄で金髪の現地責任者が、険しい顔で哀悼の意を伝えた。そのあと、車は小さな集落に向けて出発した。ブルースは取材を終えるたび、大自然の真っただ中にぽつんと存在する自分の家に戻ってくるのだ。

マークもブルースと同じようにアイスランドを愛していた。この島では、風が時に勢いを強めながら吹きすさび、ほぼ毎日、天候がめまぐるしく変化する。極端な暑さや寒さはない。島を支配する火山の一部が氷に覆われているおかげで、信じられないことに火と水が共存しているのだ。十八世紀末、噴火が起こり、島民は大挙してヨーロッパ大陸に逃げた。こうした天変地異は深刻な飢饉を引き起こし、最終的にはフランス革命が勃発する原因になったとまで言われている。この島の火山の怒りをあなどってはならない。

この国の民はどことなく変わっていた。一年の半分は昼がなく、残りの半分は夜がないせいで、人口ひとり当たりの読書量は世界一を誇る。太陽が顔を見せない時期の娯楽に、読書が欠かせないのだろう。同じ理由から、強いアルコールやワインも嗜《たしな》む。そして何よりも、この国の独立心は強烈だ。近年の通貨危機に際し、政府はイギリス人やオランダ人への借金を踏み倒し、その数年後、ＥＵへの加入申請を取りさげた。

三十六号線は悪くない道路だった。レイキャヴィクから四十二キロ地点で三百六十号線に入り、快調な速度で走りつづける。遠方に、沼地に囲まれた国内最大の湖、シンクヴァトラヴァトン湖が広がっていた。近くには、最も神聖なシンクヴェトリル国立公園と、国会広場が見える。九三〇年、ここで世界最古の立法議会が開催され、全島に共通する法律が制定された。一九七四年には、アイスランド定住千百周年を祝うために、三万人が集まったという。

三百六十号線から三十七号線に入る。この道は典型的な悪路であり、荒々しくて人を寄せつけないところがブルースそのものだった。ここでは人間が歓迎されていない。

やがて赤と緑に塗られた家が現われた。周りを囲むナナカマドの木々に鳥がとまり、花壇にリンドウの花が咲いている。一年じゅう入浴ができる温泉地に立っているので、ここからパイプで湯を引いて、室内の暖房をまかなっているのだ。

一行は検問で止められ、武器を担いだふたりの大男が先頭の車に近づいてきた。

金髪の責任者が車を降りて、三人で話し合いをしている。

「異常ありません」責任者が戻ってきてマークに告げた。「行きましょう」

車はそのまま進み、広いウッドデッキの前で停車した。真ん中のジャグジーバスで、男の子がひとりでバシャバシャと水をはねとばしている。

「元気にしていたか？　ブルース・ジュニア」

「マーク！　一緒に入ろうよ」

「あとでな」

「いいところにきたね。ママがお菓子を焼いているよ」

十歳のジュニアは心底気の合う仲間だった。チェスが飛びぬけてうまく、数学が得意で、サッカーとジョークを愛し、悪を許さず、びっくりするほど頭の回転が速い。そして、生きる喜びを全身で訴えかけてくる。ふたりは時を忘れて、自然や動物のこと、人間のあきれた一面、地球の未来について語りあったものだ。スコットランド人の父親とカンボジア人の母親を持ち、火山の大地で育ったジュニアは、普通の子どもではなかった。

やがて、二頭の大きなニューファンドランド犬、ダンテとウェルギリウスを従えて、プリムラが姿を現わした。

20

ブルースの妻のプリムラは夫とは正反対の、美しくて洗練された素晴らしい女性だった。故郷のカンボジアで起こった内戦で家族を殺害され、自分だけが生き残るという悲劇を乗りこえたあとも、聡明さを失うことなく、新たに家族となった夫と子どもの幸せに心を砕く、〝スーパーウーマン〟顔負けの人生を送っている。

彼女は最大限の孤独を求め、このアイスランドで願いをかなえた。それでジュニアの成長が妨げられることはなく、むしろ最高レベルの教育を受けている。しかも、ほかとは違う荒々しい自然の中で育つことで、まれに見る精神力が鍛えられるに違いない。

プリムラは、ダークレッドのシルクのブラウスとゆったりした黒のパンツという装いで、首には細い金のネックレスを着け、髪をうしろできっちりとひとつにまとめていた。信じられないほど魅力的なのに、今日は瞳が不安で揺れている。

「こんなに早く来てくれてありがとう。聞いたわ、お父さまのこと。なんて恐ろしい」

二頭の犬に両手をなめられ、マークも二頭を優しくなでかえした。

ブルースは、この世界の始まりのような風景の中に現代のテクノロジーを集結させ、めまぐるしく変化する世界のニュースから片時も目を離さない。プリムラも、温室で果物と野菜を育て、温泉に入り、火山や氷山を歩きまわる合間に、そうしたニュースに耳を傾けていた。

「実を言うと、もうKOだ」マークは正直に打ち明けた。「自分に帝国を背負っていく力があるのか自信がない」

「お父さまがあなたの中に宿って導いてくださるわ」

「今はブルースのことを考えよう」

「入って」

家の中は簡素でありながら居心地がよく、天国のような空間に仕上げられていた。自然のラインを生かした木製家具、ブルースの体重にもびくともしない革の椅子、どんなわずかな太陽光も逃さず取りこむたくさんの窓、そして花——無数の花が絶えず植え替えられているのだ。地熱と、生来の〝緑の手〟のおかげで、プリムラはランとキクとハスづくりの達人になった。それらの花々は家の横に巧みに配置されて、家族の目を楽しませている。

「飲み物はどうする？」

「きみがよく飲ませてくれるあれがいい」

プリムラは銅製の蒸留器を使ってアルコール飲料をつくっている。配合は教えてもらえないが、心の暗雲を散らす効果があるらしい。ブルースは朝からこれを飲んでいるので、あれほど頭が切れるのではないか。

「聖ジョンのことだけれど、本当のところ、いったい何があったの?」

「殺されたんだ。ニューヨークから戻ってくる自家用ジェット機が、誰かに爆破されたんだよ」

「誰かって……犯人の目星はついているの?」

「いや、まだだ。だが突きとめる。そして、やるべきことをやる」

このドリンクがどういうものか説明しようにも、うまい表現が見つからない。コニャック、アルマニャック、アブサン、そして山々の花が混然一体となり、口に含んだ時は荒々しく、後味は甘美、そのあとで気持ちが和らいでくる。

マークは書斎に案内された。いかにもブルースの部屋らしく、広さは約百平方メートル、棚には本や雑誌、書類が大量に詰めこまれ、最新型のコンピューターがセットされていた。

プリムラがモニターを指さした。

英語で書かれたメッセージが浮かんでいる。

《ブルースは生きている。十億ドル》

「おかしいじゃないの」プリムラがささやいて、涙を流した。「犯行声明も、名前もないのよ。これじゃ、誰から来たのかわからない」

「結構な値段だな。でも親友に値段はつけられない。僕も少しなら持ち合わせがある」

「マーク……」

「きみもわかっているだろう？ ブルースは生きている。そうでなければ、僕たちはこのかすかな炎を頼りにして、ここに集まってはいない」

「もちろんパパは生きている」ジュニアがやってきて断言した。いつの間にかオレンジ色のジャージに着替えている。「具合はそれほどよくないけど、ぼくらが捜していることはわかっている」

まるで誰かが乗りうつっているような、普段とまったく違う重々しい声だった。

「お腹が空いたよ。キッチンに行っているね」その声はいつもの調子に戻っている。

二頭の犬もあとについていった。プリムラは困惑の表情を浮かべた。

「わたしの頭がおかしくなったと思わないでね。あの子、予知能力のような不思議な力があるみたい。ブルースはそれが気に入らなかったけれど、力は本物だと認めて記録をつけはじめたわ。あの子、思いがけない瞬間に、あのおかしな声で知らせてくるの。たいていはジュニアが知るはずがないことで、あとになって本当だったとわかるのよ。先月は、『ママ、野菜の温室を守って』って言われたわ。信じた自分をほめてあげたいくらい。次の日、十分間だけとんでもない突風が吹き荒れて、このあたりは大変なことになったの。でもうちは大丈夫だった」

「誰かの死を予言したことはある?」

プリムラは目をふせた。

「冬の終わりに、湖のほとりで嫌な感じの男性とすれ違ったの。わたしのことをおかしな目で見るものだから、ジュニアがその人に向かって『心臓がほとんど動いていない』って言ったのよ。相手はびっくりして逃げていったわ。アイスランドにはいい精霊も悪い精霊もたくさんいるし、まだ魔女も生きているから、冗談だと笑いとばしたりしないものなの。相手の男性もうちの息子にそういう力があると考えたのね。三日後、新聞にその人の写真を見つけたの。記事にこう書かれていた。『著名なエンジニア、心臓発作で死亡』って」

「これで、ブルースが生きていることを知っているのは三人になったじゃないか。あいつは僕がこの家に連れて帰る」

マークはプリムラに両手を握りしめられた。

「あの人が死ぬなんて耐えられない。あなただけが頼りなの」

「きみの助けが必要だ」

「どうしたらいい？」

「取材中の案件について、わかっていることを全部教えてほしい。あいつは今、北京にいると思う」

ショックのあまり、プリムラが手を離した。

「中国の刑務所から無事に出られる人なんて、誰もいないじゃない」

「まずは、本当に投獄されたのか、罪状は何なのかを調べよう。それさえわかれば、中国がどう変わろうと、ヴォドワの名前で圧力をかけられる。やり方は聖ジョンに教わったから、父の息子であることを示してやるさ。教えてくれ、プリムラ。ブルースは何と言って家を出ていったんだ？」

21

マークが唯一の友人を命がけで救おうとしていることは、その妻にも伝わっていた。

「ブルースは現実的だから、本格的な取材に取りかかるのは絶対的な確信がある場合だけよ。いつもなら、興奮して、落ち着いたと思ったら資料を集めていて、でも、証拠にならないと判断してごみ箱に捨てる。そんな感じだったのに……。そうならない静かなブルースはこれまで見たことがなかったの。何年もジャーナリズムの世界に身を置いてきたせいで、諦めの気持ちも出てきたのかしら？　確かに人間はいくらでも卑劣になれるし、それを繰り返すものよね。でも、こんなことも言っていたわ。『やった！　でっかいヤマを引きあてたぞ。ただのヤマじゃない。俺たちを操っている黒幕がわかる！』って」

どんな言葉を発しても、プリムラは穏やかで、イギリスの女王のように品があった。

彼女は黄色い袋からブルースの手書きのメモを出した。

《君主、特に新しい君主は己の言葉に抗い、慈悲の心に抗い、情に抗い、信仰心に抗わねばならない。時代の空気に己を合わせ、必要とあらば〝悪〟を行使すべし》

「マキャヴェリの『君主論』第十八章だな」メモを見てマークは言った。「僕の十五歳の誕生日に聖ジョンがこれを読んで、言ったんだよ。『国家はこうして支配される。だが私は自分の帝国をこのように支配するつもりはない。毎日が戦争だ。おまえが帝国を継ぐころには事態はさらに悲惨なことになっているだろう。嘘に浸りながらわれらを支配しようとする君主どもを、絶対に信じてはいけない。戦争に負けようとも誇りは捨てるな』と」

マークはメモを見つめながら尋ねた。

「特に新しい君主はのところが強調されているけれど、この人物について何か言っていなかったかい？」

プリムラは首を横に振った。

「ブルースはこの〝新しい君主〟を探していたようだね」

「取材に出かける前の日、やけに口数が多かったの。いつもは、荷づくりしながらお酒を多めに飲んで軽口を叩く程度だったのに。今回は話をしたがっていたわ」

そう言ってから、プリムラはできる限り正確に会話の内容を口に出そうとした。

「あの人、煙に巻かれることにはもう耐えられない、自分たちを操っている人物を突きとめたい、って」

「いわゆる陰謀論だね」

「そんなものは信用していなかったはずなのよ。でも、クラブや団体を調べてリストをつくっていたわ」

「そのリスト、持っているかい?」

「ブルースは全部頭の中に記憶していたから。コンピューターは信用していないの」

「メモやノートは?」

「はい、これ」

小学生が使うノートが、何ページもブルースの字で埋まっている。

問題は、解読できないということだ。ひたすら記号と数字と絵が並んでいる。

「暗号解析の専門家に見てもらってもいいかい?」

「その方面についてはあの人はプロよ。でもいいわ、やってみて」

もう一度、プリムラが思い出そうとしている。

「こうも言っていたわ。取材に出れば、猟犬の嗅覚で本当と嘘が嗅ぎわけられる、って。確かに間違えたことはなかったわね。でも、今回はうまくいかなかった」

「なぜ?」

「闇でうごめく悪人を追っていたら、別のものを見つけたらしいの。狂人に対する安全装置のようなものかしら? 確定ではないけれど、善人を見つけたらしいのよ。あの人、二方に挟まれて、サンドイッチの具のハムになった気分だったと思う。本来は、食べられるより食べる側のはずよね」

「なんでまたそんなことに？」

「マーク、わたし怖いわ。怖くてたまらない」

「身代金のことなら心配しなくていい。金の話が出てきて、金額がこのレベルなら、交渉できるということだよ。あいつは本物の宝だし、僕は宝集めが好きだ」

　プリムラは目を閉じた。

「キスをして、タクシーに乗りこむ前に、おかしな言葉を口にしていたわ」

「何て言っていた？」

「〈スフィンクス〉、だったと思う」

22

マークはロンドンに戻るジェット機の中で、中国人のリーと連絡を取った。この男とは、父親の死を知る直前に空港のレストランで会っている。表向きの肩書は、ヨーロッパ内の投資を研究する貿易担当だが、実際はこれにとどまらない。聖ジョンによると、リーは中国で最も影響力のある高官のひとりであり、ほんのひと握りの権力者グループの一員として、超大国の経済方針を決定できる立場にあった。数々の組織のトップでありNGOにも名の知れた有名人として、リーは聖ジョンと出会い、ふたりは縄張りを奪われまいとする野獣のように互いを観察しあった結果、対立を避ける方向で意見を一致させたのである。

リーはスケジュールが詰まっているはずなのに、ヴォドワ帝国のニューリーダーからの昼食の誘いを受けた。マークはひとまず安心した。自分のことが詳細に調べられているのはわかっていた。こちらが相手を調べつくしているように。

絶対零度を思わせるほど冷淡で、会う価値があると判断したごく少数の人間とのみ、私的な会合を持つ。そんな男と、聖ジョンはたびたび顔を合わせていたのだ。

昼食の場所は、ロンドンの一等地メイフェアにある、帝国のプライベートクラブがいいだろう。これは、ピンク御影石の円柱が並ぶ個人の邸宅を改築したもので、テロ対策の専門家が嫉妬に駆り立てられるほどのセキュリティシステムが完備されている。

　内装は聖ジョンが手がけた。現代アートは好まず、テューダー朝様式の家具で統一し、床は熱帯木の寄せ木を張った。壁にはオランダのフランドル画家やイタリアのルネサンス期の作品、そして、近代絵画の中で唯一お眼鏡にかなったジョセフ・マロード・ウィリアム・ターナー（一七七五年～一八五一年。イギリスのロマン主義の画家）の作品が飾られている。〝告解室〟と呼ばれる応接広間には、主に弱点を抱えている大物たちが次々と訪れた。背もたれが高く座り心地のよい革椅子、上質の酒、とりわけ、ここでの会話はいっさい外に漏れないという安心感があるおかげで、誰もがくつろいで過ごした。聖ジョンは話を聞き、会話をすべて記憶した。たいてい、大人になれない若者や頭のネジがゆるんでいる者、権力の亡者と過ごしていることが多く、更生施設のような不思議な光景を醸していた。彼らはちょっとしたアドバイスが与えられるだけで脳が活性化されるので、聖ジョンはグルの中のグルのように讃えられたものだ。

　マークは自ら玄関前に立ち、階段の上でリーを迎えた。目に見える者、見えない者を合わせ、相当数の警備員が控えているので、テロの危険性はない。

「こちらまでいらしていただき、感謝しております」

「非常に光栄です。ご尊父は素晴らしい方でした」

「誰にも代えられない人物であり、取り返しのつかない損失です」

「そうでないことを、あなたが証明しないと」

　中国がいきなりペナルティキックに成功した。試合は序盤から恐ろしい展開になっている。聖ジョンがかつてゲストを迎えていたダイニングルームに入ると、マークは胃が重苦しくなった。身の丈にあった服を着ているのか心配でたまらない。ブルースを助けるためと言い聞かせて、マークは恐怖心を押さえこんだ。この勝負は絶対に勝たなければならない。対戦相手のフォワードがさらに百キロ重かろうと。

「いい場所ですな」リーはそう言って、ヴェネチアングラスと、古い金の壁紙を称賛した。

「フォアグラのイチジク添え、アカザエビ、リーキにのせたドーヴァー海峡産の舌平目、ヤギのチーズの盛り合わせ、レモンスフレ、XO等級のコニャック。メニューはこれでいかがでしょうか？」

　好みを調べられていることに気づいたのか、リーがほほ笑んだ。食事が始まると、クラブの料理が口に合うらしく、好物に舌を鳴らしている。確かリーのところではワインブームが来ていたはずだが、昼食にはコニャックのほうがお好みらしい。

「ご尊父の殺害について、本格的な捜査が始まったとうかがいましたが？」

「いずれ、すべてが明らかになるでしょう」

リーは長い時間マークを見つめ、口を開いた。

「そうでしょうとも。私に質問があるとのことでしたな。お互い仕事の予定が詰まっておりますから、この場ではっきりとお答えしましょう。中国はこの件にいっさいかかわっておりません」

声も視線も、まれに見るほど毅然としていた。これについてはどうあっても納得してもらおうと思っているらしい。

「教えてくださってありがとう」

「疑っておりませんな？」

「実を言いますと、お呼び立てしたのはこの件ではないのです」

リーが驚きの表情を見せた。アジア人は感情を出さないと言われているが、注意力散漫な欧米人によるでっちあげではないか。

「では、どの件で？」

「もう一件、行方不明事件が発生しております。友人のブルース・リュークリンの居所がわからないのです」

「ジャーナリストの？」

「ええ、彼です」

「潜入調査を行なっている雑誌の花形記者ですな。あいにくお会いしたことはないが」

「お力を貸していただけるはずだ」

リーは驚きの速さで食事をし、軽いボルドーワインでも飲むようにコニャックを流しこんでも、まったく酔わない。そして、この会話の成り行きが気に食わない様子だ。

「方法がわかりませんが」

「簡単です。ブルースはヴォドワグループの雑誌の仕事で北京にいた。そして、まさにあの場所で消息を絶っています」

「厄介なことですな」

「実に厄介です」

「あなたはどう考えているのですか?」

「今のところは理由がまったくわかりません。だからお会いしたかったのです」

フォアグラとアカザエビは完璧で、コニャックとの相性も抜群だった。だが食事だけで帰すわけにはいかない。聖ジョンがここに来た時は、贖罪を受ける司祭であると同時に、わずかな手がかりも逃さない捜査官だった。その息子がなめられるわけにはいかない。

「ご友人は冷徹な猟犬にも等しい。あなた方は、中国が自国の民主主義の基準に合致しないとお考えだが、あのクラスのジャーナリストを喜んで抹殺する国ではない。この手のスキャンダルは失うものが大きすぎる」

「警官に逸脱行為があったのかもしれません」

「いったい私にどうしてほしいのです?」

「ブルースは逮捕されたのか、されたのなら理由は何か」

「まるで私にそれを知る力があるようだと——」

「ご謙遜はおやめください。表向きはどうでもいい。真実が欲しいのです」

「あなたの願いをかなえられないとしたら?」

「ここまでわれわれの関係は良好であり、今後、大規模プロジェクトも控えている。これほど利益のある協力関係をなぜ台なしにしようとするのですか? それに、あなたの素晴らしい経歴を傷つけるようなゴシップ報道を出させたくはありません」

リーは引き締まった身の舌平目を味わいながら考えこんでいる。

「ご友人はどんな獲物を追っていたのですか?」

「わかりません」

「真剣にお答えください」

今度はマークが探りを入れる番だ。相手はすでに震えひとつ見せない。

「確かなことは、ひとつだけです。ブルースは北京に滞在中に消息を絶った。何を探していたのか、誰と会ったのか、そして誰に拉致されたのか。答えるべきはあなたのほうだ。それも一刻も早く」

「私が調査をさせないと言ったら？」

「やってごらんなさい」

「たかがジャーナリストを救うために、帝国を危険にさらすおつもりですか？」

「たかがジャーナリストではありません。僕の友人だ」

「彼は、特別なダイヤモンドよりも、さらに希少価値があるのでしょうな」

「振る舞いを見れば、原石にたとえるべきでしょう」

「どうやら、ご子息はご尊父と同じくらい頑固な方のようだ」

「僕は父の足元にも及びません」

　ヤギのチーズの盛り合わせは素晴らしかった。コニャックと合わせると、さらに味わいが深まる。

「尽力いたしましょう。むろん、微力ながら、ということですが」

「見返りに何をお望みで？」

「商工業関連の書類で、いくつか止まっているものがありました。帝国の助けがあれば認可がおりると思いますよ。それについては、デザートを食べながら話しあうとしましょう」

中国が〝暗黒の帝国〟だとしたら、リーはペテン師の皇帝だ。マークはレモンスフレをたいらげたリーに、腕をねじられ、足蹴にされそうになった。

だが、好き勝手は許さない。

結局、スコアは最後まで聖ジョンの息子が優勢を保ち、ヴォドワ帝国が最小限の譲歩を行なうことで話がまとまった。中国としてはグループの力が必要であり、ここで愚かないさかいを起こすわけにはいかないと判断したのだろう。今後こうした試合があった時、いつでも勝てるという慢心は死を招く。とにかく今は、ブルースに関する確かな情報が圧倒的に不足しているのだ。

23

リーと別れたあと、マークは厳重な警備の中、帝国のテクノロジーの中枢に向かった。ここはロンドン南部にある大学のキャンパスのような施設であり、世界中から集められた研究者たちが、帝国が買い取った特許の実験や、社内エンジニアの発見について検証を行なっている。

グループ内の情報セキュリティについても、この施設が担う。情報科学の発展は、データの暗号化と通信文書のセキュリティ強化という新たな課題を生んだ。この日々の戦いで、ウイルスの製造と防御の両面において名をあげたのがイスラエル人だ。聖ジョンはそのうちの精鋭を雇い入れ、中でも一番の人材がレヴィだった。

二十三歳のレヴィは小柄で、身長は一メートル六十センチ。顔は卵形で、頭の中に入っているのは頭脳ではなくソフトウエア製造マシンであり、春はホモセクシャル、冬になるとヘテロセクシャルに変わるらしい。職務はライバル会社の暗号コードを打ち破り、帝国のそれを最強なものにすること。彼にとって、唯一の神は聖ジョンだった。

レヴィはマークの顔を見るや、泣きながら抱きついてきた。ふたりはほぼ知らない仲だが、息子の中に父が生きていることを感じ取ったらしい。

「あのテロリストのやつら、ぶっ殺すよね、ボス？　絶対にパレスチナ野郎の仕業だ」

実社会について、レヴィは極端な考え方を持っていた。

「ミュンヘンオリンピックの最中に起こった『黒い九月』（同名のパレスチナ武装組織による一九七二年に発生した人質殺害事件）、覚えているでしょう？　時間はかかったけれど、イスラエル人選手を殺した犯人はひとり残らず罰せられたよ。僕だって、聖ジョン殺しの犯人をひとりも逃さない」

レヴィがにっこり笑った。

「何でも言って、ボス。僕らは何をすればいい？」

「これを解読してくれ」

「スーパープロの仕事だね」ブルースのノートをめくりながらレヴィが答えた。

「きみのコンピューターなら全部解読できるだろ？」

「理屈ではね。このノートは無理だと思う。記号が三つ並ぶごとに引っかけがひとつある感じかな。とりあえずやってみる」

その時、マークのウエアラブル端末にメッセージが浮かんだ。

《十七時に我が家へ。住所はご存じでしょう》

◎　◎　◎

ロンドン東部、グリニッジの孔子学院は、ヤナギ、ブナ、アカシアが植えられた植物園の中央に立ち、ヨーロッパ内にある学院の中でも随一の影響力を持つ。目的は、イギリスに中国の文化を広め、貿易関係を強化すること。もちろん、工業技術の内偵も忘れてはならない。そしてここでは、少数精鋭の中国人研究者たちが、イギリス人を自在に操れるよう、この国の国民性を学んでいる。

柵で覆われた入り口を抜け、エアロックを通過したあとは、訪問者名簿に記入が必要で、危険物は必ずクロークに預けなければならない。マークは早く話が聞きたくて、すべての義務に服従し、たったひとりで人工池のほとりにある仏塔に入った。あたりにはワイルドローズの香りが漂っている。

案内されたのは円形の部屋だった。壁には漢字がびっしり並ぶ羊皮紙と、鳥と山と沼を描いた素描が飾られている。

漆塗りの背の低いテーブルの前に座り、リーはジャスミンティーを飲んでいた。

「お飲みになりますか?」

「いや、結構」

「北京と連絡がつきました」

マークはじれったくてしかたがなかったが、どうにか平静を装った。

「解決策はふたつあります」リーが口を開いた。「私が知り得た情報をお聞きになりたいのか、この件は放っておくか。私としては二番目の策をお勧めする」

「いや、一番目の策を選びます」

「軽率で無益なことです」

「その言葉、よく聞かされました。俄然やる気になれましたよ」

　リーが菓子を噛みしめた。

「ご友人は確かに北京を訪ねていましたが、偽名を使っていました。これは非常に重い犯罪です」

「公安に捕まって拷問を受けたということですか」

「そうではありません」

「どこの刑務所にいるのですか？　僕がブルースをそこから出します」

「逮捕されていません」

「殺した？」

「当局は彼の足跡を見失いました」

「僕をからかっているのですか？」

　リーはお茶をひと口飲んだ。

「中国はヴォドワグループと良好な関係でありたいと願っております。それゆえに、こうして内密の情報をお伝えする許可が出たのです。ご友人は殺されておらず、拘束もされておりません。われわれのわかり得ない理由によって、一時的に偽名で北京に滞在した、それだけの話です。現在の国際情勢では、彼ほどの西洋人ジャーナリストを殺す、あるいは投獄するという間違いを犯すはずがない。どれほど大きな騒ぎになることか」

「では、ブルースはどこにいると?」

リーは動きを止めて、マークを恐ろしく冷たい目で見つめた。

「私にもあなたにも越すことができない国境があります。ご友人はもう中国にいないので、われわれには関係なくなりました。ブルース関連の調査は打ち切り、ということです」

「ブルースをどこに移したのですか」

リーが立ちあがった。

「腰が悪いので、今からマッサージを受けなければなりません。例のお願いを進めていただくよう、仲間を送ります。なにとぞご留意いただきたい。この件はお忘れください。ご友人には二度とお会いできません。中国政府を攻撃することは自殺行為です。当局は手加減しないでしょうから、あなたのイメージは失墜しかねない。あの友人は忘れて、新しい友人を見つけなさい」

24

ブルースはひどい頭痛で目が覚めた。少なくとも生きている。あれからどれくらいたったのだろう。眠らないように、できる限り長く、おそらく三日三晩は起きていたつもりだったが……。目かくしのせいで、時間の感覚がまるでわからなくなっていた。

今はもう、見えているし、聞こえている。すべての指と、足と腕も動いた。あちこちが激しく痛むが、これくらいですめばましなほうだろう。相手チームのスクラムにつぶされて、ぺちゃんこにされたあとにしては。

始まりはあの時だった。確か、北京のレストランでチャンが正体を現わしたあと、車に乗せられ、ふたりの大男が現われて……。

ブルースはふたりの頭を左右の手でがっちりつかんでぶつけあわせ、どうにか外に出ようとした。だが、偽物のチャンがすかさず背中に注射を打ってきた。

くそったれの麻酔薬。

とたんに抵抗できなくなった。

車はスピードをあげ、誰もひと言もしゃべらない。

ようやく車が止まった。あたりに轟音が響いている。頭はひどい状態でも、どうにか状況は理解できた——空港だ。誰かが脇を支えている。自分で歩けない者は、荷物扱いされて貨物室送りということか。この重さでは、預け入れ荷物の超過料金もばかにならないはずだ。ファーストクラスだったら、いい匂いのおしぼりと飲み放題のシャンパンがついてきただろうに……。

その代わりに、ブルースは金属製の床に放りだされ、どこかに頭が激突した。ここまで悲惨な機内サービスは経験したことがない。古い飛行機らしく、振動がひどくて下手くそなマッサージを受けているようだが、今はこのほうがありがたかった。

やつらはすぐには殺さなかった。〈スフィンクス〉を抹殺したがっている人物は、こっちが情報をつかんでいると確信し、知っていることを全部吐かせるつもりなのだろう。殺すのはそのあと、という腹づもりのはずだ。

だが、なぜ飛行機で移動するのか。北京には立派な拷問室がいくらでもある。どういった理由で首都から遠ざけようとしているのだろう？

やつらはスマートウォッチをはぎ取り、通信を切った。この事態に気づいた瞬間、マークはきっと自分を探す。相手が中国だろうと、帝国にはいくらでも手段がある。そして、マークの外交手腕はなかなかのものだった。

それにしても、ずいぶん長いこと飛びつづけている。

何度も乱気流に巻きこまれ、その間に、水と味のないパンが与えられたが、目かくしは外してもらえなかった。尿意を催した時も、何も見えない状態で監視されたまま用を足す。こんなことで辱めを与えられると思ったら大間違いなのだが……。それでも、これ以上の注射は避けたかったので、朦朧としているふりを続けた。

タッチダウンのあとも、機体はぐらぐらと揺れつづけた。パイロットが下手くそなのか、滑走路のせいか、あるいはその両方なのか。しくじれば大破する。何度かバウンドして、機体がようやく止まった。

男の声がした。捕まって以来、初めて誰かの言葉を聞く。

「アッラーフ・アクバル《アッラーは偉大なり》」

数人の声がそれにならった。

事態はここですっぱり悪夢に切り替わった。

ブルースは立たされて、小さな歩幅で前に進み、飛行機を降りた。熱風と砂漠の風を感じる。

中国人は自分をどこに送ったのだろう？　この分では宿と食事は期待できない。

また、車の旅が始まった。エンジン音から判断するとジープだ。でこぼこの滑走路と燃える太陽、そして冷たい突風。そのすべてが、ここが砂漠であることを告げている。

ジープはひたすら走りつづけた。

車が止まり、腰にナイフを当てられて歩けと促された。階段をおりて、背中を殴られて膝をつき、手錠が外され、目かくしがはぎ取られる。ドアの閉まる音が響き、相手の顔を確認する時間はなかった。

ほっとしたら、ようやくあたりが見えてきた。

地下室だ。

土を踏み固めた地面。石灰が白く浮きでた煉瓦の壁。天井は低く、小さな窓から弱い光が差しこんでくる。トイレ代わりのバケツとトイレットペーパーがひと巻きと、瓶に入った水もある。

待遇は悪くない。

ここから逃げるのは簡単ではないだろう。だが、どんな時でも脱獄方法は見つかるものだ。見張りの習慣を覚えて、あたりの状況を学習し、隙を見つける。そのために、まずは体力を回復させなくては。

あざとかすり傷程度で、ひどい怪我はなかった。ラガーマンは自分の身体を知っている。

ドアが開き、ブルースはショックを受けた。

パンと白飯を入れた器を持って入ってきた男は、アラブ人ではなく東洋人だった。

25

〝新しい君主〟と〈スフィンクス〉――マークが持つ手がかりはこれしかなかった。しかも〈スフィンクス〉については突破口すらつかめない。インターネット上を探してもまったく情報が見つからなかった。この暗号ネームを持つ組織は、表に出るつもりがないのだ。

ブルースは〝新しい君主〟について何らかの獲物を釣りあげていた。知能が高く、政財界に影響力を持った大物の可能性がある。とにかくビッグヒットだったはずだ。

取材は北京で始まったが、中国人は、触れば火傷しそうなほど燃えたぎっているジャーナリストを追いはらった。

あんなふうにやみくもに突っ走っていれば、こうなることは避けられない。取材に行く時はどうにかして滞在先の足跡を残せと、マークは何度も頼んでいたのだが……。ラグビーでも、審判の許可なしにスクラムを組めば反則を取られる。それでも、ブルースは目の前の敵をつぶしていくほうが好きで、結局それで勝利をおさめる。

今回の戦いで、敵は卑怯にもブルースの腕からウエアラブル端末を取りあげた。これではまったく場所が特定できない。しかも、リーの言い分を信じるなら、中国人は騒がしい子どもが好きでない誰かに、ブルースの子守りを押しつけたのだ。

その時、アイスランドから電話が入った。

「プリムラ？　何があった？」

「二回目のメッセージがきたわ。今回は《ダオ》の署名がある。《一分だけ返事を待つ、十億ドルを渡さないとブルースを殺す》って」

「イエスと答えろ。僕はこっちのオペレーションセンターからそのパソコンにつなげて、発信元を突きとめる。何か指示が来たらすぐ知らせてくれ」

事態がようやく動きだした。真剣に金額の話が始まった時は希望を持っていい。

電話が終わるタイミングで、ミラードがマークの背後に立った。世界各国にグループ企業を持つヴォドワ帝国は、絶対に眠ることがない。そして、各拠点を任された三人のマネージャーが――ヨーロッパはロンドンにいるミラード、アメリカを担当するニューヨークのディック、アジアは東京のタカシだ――聖ジョンを失望させまいと、常に担当エリアに目を光らせている。彼らは四半期ごとに、世界中に点在するいずれかのグループ企業内で開かれる戦略会議で顔を合わせる。開催日前日、暗号化された通話による告知があり、欠席は許されない。マークも一年前からこの会議に出席し、聖ジョンを含めた計五人で、業績を精査し改善案を出しあってきた。演説や要領を得ない話は無用であり、事実と数字だけが飛びかう。聖ジョンは「言葉は貴重であり、濫用してはならない。無駄口を叩く者はでくのぼうと思え」の言葉どおり、話を聞き、すぐに打開策を見つけた。

ミラードが自分をじっと観察している。まだ、判断を下しかねているようだ。偉大な父にふさわしい後継者なのか、会社をつぶす出来損ないの放蕩息子なのか。書類を次々によこして、見極めるつもりなのだろう。

「原材料の買い入れに、ひどい混乱が生じているようだが」マークは言った。

「市場は移ろいやすいものですので」

「それがどうした？　それを予測するのがきみの仕事じゃないか？　ディックとタカシがここを乗りきったら、きみの立場は？　そうなっても、僕には何もするなと？」

いきなりの攻撃に、ミラードが黙りこんでいる。

「しっかりしてくれ。クビが嫌なら混乱を収拾しろ」

ミラードが後ろに下がった。相手の痛いところを突いたに違いない。聖ジョンも同じ指摘をしただろうし、バズーカ砲の腕前も見劣りはなかったはずだ。

「父の調査のほうはどうなっている？」

「難航しています。ＭＩ５（イギリス情報局）のスミスという人物が夕方遅くにお目にかかりたいと」

「階級は？」

「高官です。その割には対応が丁寧すぎましたが」

通常、イギリスの諜報機関であるＭＩ５は、これほど慎重な動きを見せない。そして、あの機関に偶然のかかわりは存在しない。ここでも何かが動きはじめているに違いない。

ロールスロイスが渋滞のロンドンを走行中、マークはミラードがまとめたメモ書きを確認した。基本的に、情報のやり取りはインターネット経由ではなく、昔ながらの紙で行なわれる。これならば簡単に処分できるからだ。

帝国は潤っており、経済危機が各国にさまざまな規模の打撃を与えたあとも、未来のプロジェクトは見通しが明るい。聖ジョンが天才と呼ばれるひとつの理由として、グループ企業のトップもみな慎重で有能だということがあげられる。こちらで負けても、あちらで挽回すればいい。トータルでプラスであることが重要なのである。

ミルバンク地区にあるＭＩ５の本拠地には、ユニオンジャックが揺れていた。建物は重厚であり、窓は常に閉まっていて、ソーニー通りに面した車寄せからしか中に入ることができず、もう二カ所ある入り口は、目につかない形で厳重に警備されている。こうした要塞化に加えて杭が設置されているのは、車爆弾への対抗策だった。

マークはミラードが準備してくれた書類を渡して入場の許可をもらい、監視カメラが見守る駐車場に車を置き、聖ジョンの友人だというスミスのオフィスを訪ねた。ふたりの関係は義務的なものだったのだろうか？　自由行動を許されない国で取り引きをまとめる際、スミスは聖ジョンに有益なアドバイスを与えた。聖ジョンは互角の関係性を好んでいたので、こちらも示唆に富む報告書を渡して恩義に報いた。帝国の規模を鑑みれば、シークレットサービス抜きで行動することは不可能だったが、聖ジョンは独立性を強く主張し、反対されても思うままに行動した。何度か荒れた会談もあったはずだが、常に帝国の利益を優先させ、相手の警告を無視してきたのである。

だからこそ、ふたりのこわもての警備員に付き添われ、オフィスが並ぶ長い廊下を歩きながら、マークは自分の仮説がありうるかどうかを考えつづけた。

父の殺害を命じたのはスミスなのだろうか……。

26

　聖ジョンの覚書によると、スミスは本当にスミスという姓で、名前はアンドルーだった。有能な大学教授であり、労働党のメンバーで結婚はしておらず、熟女と後腐れのない女を好む。週末はサイクリングを楽しみ、ケンジントンにある美しいアパートメントで暮らしている。頭がいいが適度に変わり者で、ヒューマニズムというものを信用せず、モラルの進歩に幻想を抱かず、信頼が置けて仕事の成果にこだわった。つまり、一緒に働きたいプロと言えるだろう。

　実際に会った感想としては、体型は太り気味で、細い髭が口の周りを囲み、目にはこれといった特徴がなく、同様に本人のオフィスにもとにかく特徴がなかった。どこにでもある家具が並び、コンピューターがあって、個人を特定できそうなものがまったく置かれていない。

「ご足労いただきありがとうございました。お父上のことはお悔やみ申しあげます。かけがえのない方だった」

「調査は進んでいますか？」

「時間がかかりそうですね」

「手がかりはまったくなし？」

「状況が入り組んでおりまして」

「僕が知るべきことはこれっぽっちもないと？」

「お父上に似て率直な物言いですね。嫌いではありません」

「率直でせっかちです。帝国は待ってくれませんので」

「夕食にご招待したいのですが」

「招待……それは義務ですか？」

「義務です。私と、あとひとり同僚がまいります。どうしてもお伝えしなければならないことがありまして。そちらのロールスロイスに同乗させていただけますか？」

車はアルバート・エンバンクメントに向かった。ここには海外で諜報活動を行うＭＩ６がある。建物はロンドンで最も恐ろしい現代建築のひとつとされ、見学ツアーもないのに、ギラギラと反射する緑のガラスを観光客がこぞって写真におさめに来る。

ふたりめの諜報員は外で待ちかまえていた。短髪で角張った顔をしており、鼻が曲がっていて、革のジャンパーを着ている。男はロールスロイスに乗りこみ、スミスの横に座った。

「彼はジョージです。合同捜査は好きではありませんが、今回は外交もからんでおります。

ポートベローにある倉庫街のレストランに予約を入れておきました。あそこであれば、静かに話ができますので」

マークは気を引き締めた。ここからは未知の領域になる。聖ジョンはジョージなる人物と交流がなかった。スミスはジェームズ・ボンドを紹介して殺しの許可を取るつもりだろうか。なにやら物騒な臭いがする。

もちろん会話はすべて録音されるはずだ。今の時代、スーツのラベルホールに挿した花にマイクを隠す必要はない。盗聴チームはレストランから離れていても、ステーキが焼きすぎかどうかまでわかるのではないか。

席に着いても、ジョージはサーモンカナッペを辛口の白ワインで流しこむ時くらいしか口を開かなかった。スミスはオマールエビと野菜のピューレを勧めてきた。店は最近よくあるタイプのメタリックな内装のレストランだった。

「お父上の悲劇の前に、実はもうひとつ困った問題が発生しておりまして、そちらにジョージが必要なのです」

試合中、マークはバックスでボールを持ったらとりあえず走り、ふたりのディフェンダーに突進していったものだ。激突する場合もあれば、うまく避けられたこともあるが、とにかく行動は早かった。今日は、あとでチャンスが巡ってくると期待して、ひとまずタッチキックでグランドの外にボールを出すほうがいいだろう。なぜなら、このふたりは重要性が予測できないカードを持っているからだ。

「困った問題とは、どのような？」

「ブルース」

マークは白ワインを飲んで顔を上げ、思わず空を見つめた。

「ブルース、ですか？」

「十億ドルは帝国にとっても少ない金額ではないでしょう。だが《ダオ》は欲張りですし、あれは悪ふざけではない。ああ、《ダオ》は《道》という意味です。あのような脅しがどこかで見つかると、それがわれわれのテリトリーであろうが国外だろうが、最悪の事態を危惧せずにはいられません。これが、今回、ＭＩ６と協力する理由ですよ。友だちに再会したいのであれば、あなたも無関係ではいられないでしょう。彼には素晴らしい妻と才能ある子どもがいる。ふたりから夫と父親を奪ってはならない」

「ブルースはどこですか？」

「ジョージがご説明します」

白ワインはすでに二本目になり、ジョージはオマールエビのお代わりをしていた。

くぐもった耳障りな声でジョージが話しはじめた。

「ブルースは北京で誰かに会うつもりでした。誰ですか?」

「わかりません」マークは答えた。

「協力していただけないなら、私は黙って引きさがるしかありません。雑誌社のオーナーはあなたでしょう?」

「確かにそうですが、ブルースには好きにやっていいと許可を出していましたし、彼が僕に報告してくれるのは、結果が出たあとです」

「それまでまったく連絡は取りあわないと?」

「そうではありません。ただ、今回は通信を切られ、北京での足取りを見失ったのです。そうしたら《ダオ》が身代金を要求してきました」

「犯人について何か聞いたことは?」

「ありません」

ジョージに目線で尋ねられ、スミスが答えた。

「ふたりは本当に友だちなので、ヴォドワ氏はブルースを助けだすためなら何でもやるだろう。それに、この方は父親と同じで嘘が大嫌いだ。信用していい」

ジョージは納得して話を続けた。

「実はしばらくの間、MI6がブルースに張りついていました。彼が通ったあとはかなりほこりが立つので、それを拾って調べるんです。まあ、われわれのためにただ働きさせたことになりますね。だが、北京だけはうまくいかなかった。中国の公安はなぜブルースを捕まえられたのか、こちらも知りたいくらいです」

「おそらく面会するつもりだった人物に関係あるのではないかな？」スミスが言った。

「ブルースは偽名で中国に入国しました」ジョージがあとを引きとった。「本来なら、刑務所の地下にある酸で溶かされたとしても不思議はない。しかし、あれほど有名なジャーナリストが消えてしまえば、新しい中国の評判を汚すことになる。そこで名案を思いついた。恥ずかしげもなく人を殺すけだものに、彼を押しつけてしまうんです」

　マークは食欲を完全に失った。

「ウイグル人ならどうでしょうね？」ジョージが続けた。

「イスラム教徒の中国人のことですか？」

「中国共産党は彼らを抹殺したがっていますが、なにぶん人数が多すぎる上に、彼らは外部から支援を受けています。グアンタナモ湾収容所（キューバのアメリカ軍基地に併設された テロ容疑者の収容施設）は閉鎖されていないのに、ウイグル人だけは開放され、その一部がシリアでアイシス（ＩＳＩＳ）に合流しました。アイシスといえば、もともとは復活の女神であったものが、イスラミック・ステイト・オブ・イラク・アンド・シリア（Islamic

State of Irak and Syria）の頭字語となり、イスラム国という名前の所以《ゆえん》となりました。のちに〝イスラム〟という言葉は一般のイスラム教徒に対する侮蔑だと考えられ、やつらはダーイシュと呼ばれるようになりましたね。カリフォルニアの製薬会社にとっては本当に災難なことでした。《アイシス・ファーマスーティカルズ》という社名を《イオニス》に変えざるを得なかった」

「ブルースはシリアのウイグル人のところへ送られたんですか？」

「ええ。アイシスがブルースの首を掻き切る場面は、SNS上で生中継されるはずです。中国はまったく責任を問われることなく邪魔なジャーナリストを消すことができる。信頼できる筋からの情報によると、ブルースは面会の約束が果たされなかったため、情報を得られなかったようです。虫けらどもはどこにでもいるようだ」

「では、身代金の要求は……」

「もちろん」ジョージが続けた。「ウイグル人首謀者のサプライズでしょうね。やつらもほかのテロリスト同様に金が必要なんです。もともとは中国人だから、イスラム教徒であろうと、生まれついての商売人といえましょう。人質が世界有数の巨大グループ企業で働いているのに、それを最大限利用しない手はない。中国当局は激怒していますが、シリアのウイグル人には知ったことではない。やつらは思いがけない収穫のおかげで戦争の覇者になれる。さて、そちらは本当に金を払うつもりですか？」

「要求の金額を渡せばブルースにチャンスはありますか？」

「ごくわずかに……おそらくゼロではありません。非常に難しい取り引きになるでしょう。しかも、ウイグル人はきっと死体しか返してくれません。それに……」

そこで話が途切れた。

「それに、何ですか。全部話してください」マークはせかした。

「アイシスに十億ドルが渡ると困ったことになります。やつらは武器を手に入れ、重大な被害を引き起こすでしょう。この間もモルドヴァで、ダーイシュに核兵器が売りわたされるところを水際で阻止しました。それを考えると、これほど高額の身代金は支払ってほしくない。われわれＭＩ６には、あなたに協力しろという指示は出ないでしょう」

「ジャーナリストが生中継で首を掻き切られる、これは困ったことではないと？」

「むろん」ジョージは非情に答えた。「十秒から一分間くらいは非難の声があがるかもしれません。だがそういった声にはもうみんな慣れてしまったので」

「僕は阻止してみせます」

「試合が始まる前に負けが決まっているのに？　あなたは殺されるかもしれない。ＭＩ６か、あるいは別の誰かによって。おとなしくして、ブルースの首が回収できるくらいの金額を用意しておきなさい。それでも、何の保証もできませんが」

ジョージはそう言い含めると、静かに席を立った。

27

昔、ラグビーの試合でブルースと一緒に戦っていた時、荒くれ者のチーム相手に三十対ゼロで負けていたことがあった。残り時間は二十分しかない。ふたりとも腹が立って、ブルースはフォワードパックに発破をかけ、自分はバックスに活を入れた。その後チームは奮起し、トライが四回コンバートして二十八点、ペナルティキックの三点が入り、ラスト一秒で大逆転をなし遂げた。

今回は、ふたりが別々でいる分だけ状況は悪い。だが、黙ってやられるつもりはなかった。ブルースが首を斬られるのをただ待つことだけは絶対にしたくない。

「ＭＩ５の考えはＭＩ６とは違います」スミスが言った。

「そちらの活動は国内に限られているはずでは？」

「そういうわけでもないのですよ。ジョージは少し粗野な男ですが、規則を尊重する本物のプロです。私はいくらか首相と親しくしておりまして、あの方はスコットランド人ジャーナリストが首を斬られる映像を見たくないと言っておられました。そんな見世物は残念なトラブルを引き起こすでしょうし、支持率の低下を招きかねません」

どうやら商談再開らしい。

「ウイグル人に武器を与えることについては心配はないと?」

「まずは相手と金額の交渉をして、それから内容の変更を打診してみましょう。一部は現金、一部はわれわれが提供する軍需品でいかがですか? 軍需品については必ずしもまともなものである必要はありません。われわれの技術者ならそれが可能だ。最後は、まあこれも重要なことではありますが、ウイグル人のリーダー格に数人寝返ってもらい、仲間同士で殺しあいをしてもらいましょう。ブルースの解放はトップニュースで報じられ、首相の支持率はしばらくの間右肩上がりです。別に戦いに勝ったわけでも何でもないのですが。計画はこんなところですね」

「MI5は本当にそんなことができるのですか?」

スミスがうなずいた。

「人員を十五パーセント増やしましょう。特に電子情報を傍受する英国通信本部の」

「無料ではないですね」

「この下劣な世界にそんなものはありません」

「見返りに、何をお望みですか?」

「これから、本来ならば知る必要のないある事実をお伝えします」

「どういったたぐいの？」

スミスがフットスイッチを鳴らし、ウエイターを呼んでコーヒーとXO等級のコニャックを注文した。

マークは、自分は相手にとって飢えた魚に見えるのかもしれないと思った。釣り針が見えていながら餌に食らいつくほどの……。しかも、ハイリスクの賭けであっても、ルールを決められるのはMI5だけだ。

「聖ジョンについて話をしなければなりません。お父上をよくご存じでしたか？」

「それなりには」

「われわれにとってすら、ミステリアスな人物でした。公式の経歴は申し分ありません。すべての日付、契約、帝国の構造についても。問題がなさすぎるくらいですよ。彼の影響力はあまりに大きいので、調べをさらに進めました。すべて真実でした。だがその嘘のなさが、何かを隠していると感じさせました」

「心根がゆがんでいるのでは？」

「おっしゃるとおりですよ。私は闇に鼻がきくのです。少し前のことになりますが、われわれが直面している問題を解決するのにお父上の力が必要となりまして、上層部から聖ジョンに連絡を取るよう指令が下されました。私のほうは、取り引き材料が足りなかったので心もとなかった。しかし、話し合いは穏便に進みました。聖ジョンは絶対に独立を犠牲にせず、脅迫も通用しなかったでしょう。彼が提案した解決策は、私の上司の認可です。カドラン社ですよ、ヴォドワグループの花形企業のひとつの」

初めて聞かされた話であり、茫然とするしかなかった。まぬけを装うことができるのも才能のひとつのはずだが、マークは自分がまったくの素人だと感じた。

けれども、これで真実が明らかになった。これこそが、父が本当に話したかったことなのだろう。

「ミラードもいずれはカドラン社の正体に気づいたでしょう。われわれはこうして顔を合わせ、イスラム教徒によるテロとの戦いにおいて、聖ジョンが中立の立場ではなかったことをお伝えする機会を持てました。やつらはこの世界に現われた新種の〝がん〟です。それも、かなりたちの悪い。だからお父上はカドラン社をつくり、ステルス型の戦闘ドローンを開発したのです。四十八時間の自立飛行が可能であり、最高速度は時速六百キロ、翼幅約二十メートル、飛行機やヘリコプターや地上部隊と自動で連動するものを。目標命中率はまさに外科手術並みの精密さです。村に侵入して一般人の中に紛れこんだ自爆テロ犯を狙うこともできる。製作はインドの秘密工場で、現地人とアメリカ人とスイス人が行なっているようですよ。将来的な目標は、緊急時用に小型化し、簡単なノートパソコンで操作できるようにすることです。これは本当に素晴らしい武器だ。われわれが非公式に結んだ契約を破棄しようとはなさらないでしょう？」

「僕にどうしろと？」

「研究を進め、われわれとの専属契約を守っていただけたら、と」

「われわれとは、あなた方と、兄であるアメリカ、という意味ですね？」

「両国は同じ言葉を話します。ヨーロッパはバベルの塔でしょう？　ここを出る判断は間違いではなかった。この先、塔が崩れても、イギリスはがれきの下に埋もれずにすむ」

「父がカドラン社の設立をいいことだと判断したのであれば、僕がそれを中断させる理由はありません」

スミスの顔がほんの少しゆるんだ。聖ジョンの息子は頭が固くて行動が読めない、と資料に書いてあったのだろう。

「これでヴォドワ氏に協調性があることは確認できましたので、先ほど説明したブルース解放作戦が始められます」

「条件をひとつ追加していただきたい。僕も現地で戦います」マークはきっぱりと言った。

「極めて危険ですが」

「手元の資料に、僕は武器の操作がうまく、奇襲訓練に合格したことが書かれているはずです。不測の事態が起これば僕も役に立てる」

「あなたのような友だちを持って、ブルースはラッキーだ」

「ラッキーなのは僕のほうですよ。あいつみたいな人間はほかにいないし、最後の自由人だと思います」

「だが、彼はそのせいで高い代償を払わなければならない。あなたもそうだ」

スミスがバロングラスの縁をゆっくりと人差し指の先でなぞると、クリスタルが共鳴した。

「それで、父の事件のほうですが、何か進展はありましたか？」

28

しばらく時間がたってから、ようやくスミスから返事が返ってきた。

「問題は、聖ジョンはいったい何者なのか、ということです」

マークは突如として、父親に過去を尋ねたことがないのに気づいた。ふたりの話題は、帝国についてと、それを今後いかに発展させていくかに終始していた。

「ジョン・ヴォドワ氏は、スイスのヴァレー州にあるサン＝モーリスで生まれました。ここは、キリスト教最古の修道院がある場所です。父親は木工、母親は家庭を守る主婦、ヴォドワ氏はそのひとり息子でした。彼はやや型破りな教育の結果、若くして石工となり、フランスツアー《ツール・ド・フランス》を行なったのです。あの自転車レースではありませんよ。すべての職人宿を訪ねてまわることが、かつて教会を建立した者たちのしきたりでした。見習い職人たちはこうした場所で寝食をともにしながら、職業に必要な奥義を教えてもらっていたのです。特に幾何学は古代エジプトから伝わる実用的かつ神聖な技術でした。ヴォドワ氏はフランス、それからヨーロッパを広範囲に回った後、公共事業を扱う会社を設立しました。資本はどうしたか？　亡くなったご両親からは、ほぼ相続できるものがなかった。おそらく旅の途中で支援者に出会い、援助してもらったのでしょう。それからは早かった。問題を抱えた会社を買い取り、画期的な企業に変えて収益をあげる。こうしてヴォドワ氏は、力強く狡猾に、誰にも見とがめられることなく実業界に乱入しました。ライバルが気づいた時にはもう、身ぐるみはがされている状態です。驚くほどよく働き、チェスの天才で、機先を制するアイデアを持ち、変化に対応できて、千里眼のように未来を予測した。唯一の悲劇は、妻である崇高な女性の死でした。それが、あなたが生まれた時だった」

マークはまったく動けなかった。それでも、ようやく父親のことがわかった気がした。

「あれほどの実業家になれば」スミスが続けた。「どうしても諜報機関の目を引いてしまう。特にロンドンに居を構え、あなたが生まれ、グループの中でも重要な企業がここにあるとなれば。よって、われわれは聖ジョンをできる限り尾行した。だが彼は警戒心が強く厳重に警備されていたため、容易なことではありませんでした。幸い、金に困っているおしゃべりはいるもので、彼の人間性を知ることができました。しかも、調べていくうちに、驚くべき情報を拾ってしまったのです」

もはやスミスの話を理解できそうになかった。父は悪魔なのか、マフィアとつながりがあるのか、あるいはそれ以上に非道なのか……。

「サプライズその一、聖ジョンは正直者でした。彼ほどの社会的地位にあれば、信じられないことです。しかも不正、強奪、賄賂の形跡はいっさいありません。古代ローマの戦士のように戦って、積極的に要塞を責め落としながら、収賄行為をまったくしていない。まさに、〝聖ジョン〟の呼び名にふさわしい人物でした。サプライズその二、悪がない。女性関係も、ドラッグも、賭け事も。疑いのかけようがないのです。帝国を強固なものにすることしか頭になかった。がっかりじゃないですか？」

「相手によりますね」

「最近、ようやく光明が見えていたのですよ。われわれのエージェントのひとりが、退職したばかりのサー・チャールズという者ですが、私に極秘の緊急面談を希望してきました。彼は宗教史の教授で、フリーメーソン、薔薇十字団、テンプル騎士団など、何らかのカルト的な運動に関係する記録を集めていたのです。なぜかここに、お父上に関する不可解な書類がありました。ヴォドワ氏は、各地を移動する建築家が集まった、「ルー・パッサン」という信心会に所属していたようです。これについてわかっていることは、十八世紀に拷問を受けたことがきっかけで、入門の儀式の際に代々数字の秘密が伝えられるようになり、それこそが古の儀式で授かった建築業の奥義だったのではないかという、それだけです。サー・チャールズはこの分野の第一人者だった。彼はパルミラで発掘を行なった際、シリア人の考古学者と知り合いになりました。ハレド・アル＝アサドという、遺跡保護の専門家です。ISISが破壊を決めた際も撤退を拒み、狂信者どもに首を掻き切られてしまいました。彼は最悪を予見して、サー・チャールズにある信心会のことを話していました。メンバーは九人、この素晴らしき人類が闇に染まらないよう、古代からひそかに活動しているという〈知られざる優れ人〉たちです。彼らは全員が錬金術師であり、物質の金と精神の金の両方をつくることができるのですよ」

「美しい伝説ですね」

「サー・チャールズにとってはそうではなかった。彼はとんでもない書類をスーツケースに詰めて私に渡しました。ハレドは、信心会に重大な危険が迫っており、自分も危機的状況にあると感じて、警告を発してほしいと頼んだのです。サー・チャールズは仲介者の任を引き受けました。帰国後、その時取り決めていたメッセージを受け取りました——《〈スフィンクス〉を作動させよ》と。それが、ハレド氏の死と、存命中の仲間を救ってほしいという意味だったのです。顔色が悪いですよ、コニャックをお飲みになったほうがいい」

マークはもはや内心の動揺を隠せず、勧められるままコニャックに口をつけた。これほどの嵐に巻きこまれては、燃料がなければ動くこともできない。自分は世界を支配して、思うまま動いていたつもりだったのに、何もわかっていなかった。それなのに、《本当のことを話しあうべき時がきた》と書いてくれた父は死んでしまったのだ。

「あなたはラガーマンだから衝撃がどういうものか知っていますね。サー・チャールズは私に衝撃を与え、ブルースはサー・チャールズに衝撃を与えた。全員がダウンですよ、ビンタとパンチを食らってね」

「そして、あなたがレフリーになった」

「最も割に合わない仕事ですが、誰かが引き受けねばならない」

「そして、あなたがブルースを戦場に送った」

「中国人は繊細で疑り深い。彼らはあの広大な大地にいるわれわれの仲間の顔をほぼすべて把握しており、自分たちの問題に干渉されることが大嫌いだ。ブルースなら、理想的な特派員になれる。サー・チャールズが彼の書類をつくり、会うべき〈知られざる優れ人〉の名前を教えた。それがチャン・ダオです」

「そして、しくじった」

「簡単なまとめ方ですけれども、間違ってはいない。戦場には罠が仕掛けられていました。公式発表によると、考古学者のチャン・ダオは事故で死んだことになっています。中国当局が彼に目をつけていて、彼と話をしたがった人物は全員逮捕されました」

「そのことを知っていましたか？」

「いいえ」

「父を殺した人物はあなたではないと?」マークは念のため確認した。

「違います」スミスはきっぱりと否定した。

「証拠は?」

「帝国が本当に邪魔なのであれば、もちろんその息子も始末します」

　普通に考えられるより、長い沈黙が続いた。

「これからどうしようというのです?」マークは尋ねた。

「なぜお父上は殺されたのか。なぜなら彼が資金を調達していたから。つまり〈知られざる優れ人〉のスポンサー的立場にいたからです。九人のうち四人が殺されました。聖ジョン、アフガニスタンのマスード・マンスール、シリアのハレド、中国のチャン・ダオ。残っているのは五人です」

「五人の身元はわかりますか?」

「当然、わかりません。チャン・ダオの死で足取りが途絶えました。バラバラのパズルをもとに戻せる人物がいるとしたら、それはブルースです」

「あなたもそれに関心があると?」

「プロとして興味はありますね。私の仕事はたいていつまらないものです。ゴキブリや寄生虫を見つけては、メディアが探知できない殺虫剤で無力化させなければならない。いつも些末な仕事の繰り返しですよ。でも今回のこれは、変わっていて刺激がある」

「誰が生き残りを無力化したがっているのですか?」

「まったくわかりません。それに、私の上司はそんなことはどうでもいいと考えています。こんなばかげた話、誰が信じますか?」

「では、なぜブルースを助けようと?」

「政府にとっては、特大クラスの問題点をふたつ抱えているからです。ジャーナリストであり、スコットランド人ですから。踏んだり蹴ったりですよ」

「それから?」

「われわれが失敗しても、イスラム原理主義者の残虐さが知れわたる。成功すれば、軍事的介入能力を誇示できます」

「〈スフィンクス〉は?」

「それはあなたとブルースの問題です。〈知られざる優れ人〉はこの世界を守りたいと思っているようだが、われわれには関係ありません。アメリカ、EU、イスラム教徒の爆発的な増加……問題は山積みで、夢を見ている暇はないのです」

「具体的にはどうすればいいと?」

「明朝八時にMI6で会議があります。ジョージが作戦について説明してくれるでしょう」

29

アンコールの遺跡群に土砂降りの雨が降りそそいでいた。九世紀から十三世紀にかけて、ヨーロッパに大聖堂が立ち並んでいた時代に、クメール王朝は現カンボジアのこの地域に寺院を建立した。二十世紀後半、クメール・ルージュ（ポル・ポト率いる過激派政党。一九七〇年代、国民に対して大虐殺を行なった。クメール・ルージュが政権を追われたあとも、カンボジアでは長期に渡り内戦が続いた）は海外の有名知識人らの支持を得て、この地で蛮行の限りを尽くした。あれから時を経て、カンボジアの宝石と呼ばれる建造物もようやく本来の姿を取り戻しつつある。

サンボールはここで働く評判のガイドだった。だが、さすがにこの雨では誰も来そうにない。普段は、錬金術を用いてつくる薬のおかげで、八十二歳の今も問題なく遺跡の急階段をのぼり、訪れた旅人たちに、アンコールの複雑怪奇な建物を案内してまわっている。その昔、源泉から現われた石の山に神々が住んでいたという言い伝えがあった。アンコールの建造物は、世界の中心であったその山を象徴しているのだという。遺跡は強力なパワースポットとなり、サンボールにとってはありがたいことに、ここが生活の拠点となっている。かつて内戦で、両親と妻とふたりの息子を失ったことを思うと、今この地で過ごす一秒一秒は、侵略者たちに対する勝利の証だった。唯一助けることができた娘のアプサラは二十八歳になり、遺跡に彫られた天女《アプサラ》を思わせる美しい女性に育った。

クメール・ルージュが台頭した時代、サンボールは遺跡のそばの、水と植物に囲まれた高床式のわら小屋に隠れて生きのびた。恐怖の虐殺の後、難を逃れた者たちで村を再建したのだ。この惨劇を忘れられる者はおらず、せめて普通の生活を取り戻そうとしていた。

だが、サンボールの生活が普通だったことはない。危機に際しては、〈知られざる優れ人〉が持つ特殊能力のひとつ、予知能力が働いて、これまでに三回、襲撃直前に小屋を出て森に隠れ、難を逃れたこともあった。

ツアーガイドの職を得てからは、ひたすら遺跡について学んだ。アンコールワットの入り口が冥界の扉と同じように西を向いていると知った時には、錬金術を行う調合室をしつらえる際にそれを応用した。そのためのちょっとした聖域に、すでに家を建てておいたのだ。アプサラは家から遠くない場所に薬局を開き、調合室で父親がつくった薬を売って生計を立てている。

〈知られざる優れ人〉に伝えられる技術は、人間の身体と魂を癒す。彼らの祈りとまじないは、先人が建造した聖なる場所によって影響力を増大させ、彼らが暮らす地理的な枠を越えて、かつて神々が暮らした土地を包みこむ防護バリアをつくった。

狂信者がはびこり、思慮を奪うテクノロジーが台頭するようになって、地球上に散らばった九人の仕事はますます困難になっている。唯物論が主流となり、悪行が幅をきかせる今、古代国家のように天と地の結びつきを讃えて公正であろうとする国は、ひとつも存在しなくなった。「君主が間違えば、民は過ちを犯す」と、古の賢人も言っているではないか？


降りしきる雨の中、人々は寺院の三階にあるギャラリーに集まった。ここで、それぞれが瞑想を行なうことにしたのだ。その最中、サンボールは異変を感じ取った。突然、脳裏に悲惨な映像が流れ、身体に衝撃が走った。飛行機が上空で爆発している。それから聖ジョンの顔が——信心会のメンバーをつなぐあの〈優れ人〉の姿が見えた。

聖ジョンが殺された。

神経の端々に強烈な痛みが走り、息ができない。すぐに瞑想の場所を離れ、しばらく待ってようやく歩けるようになると、サンボールはおぼつかない足取りで娘がいる薬局に向かった。

苦しみあえぐ父親の顔を見るなり、アプサラはひどく動転した。

「急ぎなさい、アプサラ。もう時間がない」

心配する娘に支えられながら、サンボールは薬局を出て調合室に向かった。今日はいつもの距離が永遠に続くようにも思える。ようやく到着すると、敷石をひとつ持ちあげ、隠しておいた木箱を出してアプサラに渡した。

「この中に、現金とイギリスのパスポート、それから蠟《ろう》で封印された封筒が入っている。おまえは友だちのプリムラ・フォンが住むアイスランドに行くのだ。彼女の家に到着したら、この封筒を開けなさい。書いてあることをよく読んで、そのとおりに行動するのだよ。カンボジアには絶対戻ってはいけない」

いつもは父親の言うことに素直に従うのに、今日に限って反発の言葉が返ってきた。

「お父さんと一緒でなければ行かないわ」

「やつらが来る。早くアンコールを離れなさい」

「やつら？」

「私を殺せと命じられた者どもだ。今回は逃げられないことがわかっている。一緒に逃げたら、ふたりとも殺されてしまう」

「絶対にいやよ」

「頼むから言うことを聞きなさい。おまえには重大な使命がある。そうだな、私の身体はもうくたびれ果てているから、魂には、これを脱ぎ捨てて時限のない国に帰ってもらうとしよう。殺しに来たやつらは私の抜け殻しか見つけられないだろうさ」

「警察に知らせましょう、警察なら――」

「私を殺すよう命令されたのは警官だよ。いいから今すぐに行動しなさい」

サンボールは、流れる涙を止められずにいる娘に優しくキスをした。

「さあ早く。神々に祈ることを忘れてはならない。いつかまた一緒になれるから」

アプサラは動転しながらも、後ろを振りかえることなく走った。タクシーをつかまえ、運転手と長距離の金額を交渉したあとは、ただ目を閉じていた。これまでも、幾度となく命を救ってくれた父親の顔を記憶に刻みつけるために。

十分ほどたった時、強烈なサイレンの音が耳を裂き、アプサラはわれに返った。

警察車両が猛スピードのままタクシーとすれ違い、アンコールワットに向けて走り去った。

30

「やあ、元気かい」ブルースは言った。「あんた、中国人だろ？　故郷はここから遠いのか？」

　背が低く丸顔の男が、地面にパンと、いつのものだかわからない水の瓶を置いた。

「ホテルには満足していただけたかな、ブルースさん」

「下には下があるからね」

「おまえの命は私が握っている」

「それで俺が泣くと思っているなら、諦めてくれ。カメラの前で大騒ぎさせるのもやめてくれよ」

「しかし、いずれは首を斬り落として、アッラーが不心得者を生かしておかないことを見せつけなければならない」

「くだらないことはやめて、老子を読んだほうがいい」

「私はウイグル人だ。ウイグル人にはしきたりがある」丸顔の男が正体を明かした。

「おまえが言うしきたりはジハードのことだろ」

「われらの勝ちだ、ここでもどこでも」

「ここ、ってどこだよ？」

丸顔のウイグル人がつくり笑いをした。

「どうしても知りたいようだな」

「俺は好奇心旺盛でね」

「おまえはとてもうぬぼれが強い。これまでわれらが足蹴にしたやつらと同じだ。何世紀もの間、ムハンマドはヨーロッパに虐げられてきた。今、ヨーロッパは喜んで預言者を迎え入れる」

「テロリストになって人質をさらう前は何の仕事をしていた？」

一流インタビュアー兼、告解室のリーダーの勘で、ブルースはこの虚栄心の強いウイグル人が話をしたくてうずうずしていることを見抜いていた。

「数学の教師だ。だが生徒たちをジハードに勧誘し、秘密警察に追われたのだ。東洋でも西洋でもカリフ制度が復活すれば、世界にシャリーア（イスラム法）を認めさせることができる。だから私は第一線で戦う決意をした。アッラーはわれらの目標、ムハンマドはわれらのリーダー、コーランはわれらの法典、ジハードがわれらの道である」

ブルースは平パンにかじりついた。焼き立てではないが、悪くない。

「それで、俺の首を斬り落とすのはいつだ？」

「考えねばならない。おまえは大切な人質だ。金の匂いがする」

「いくら欲しい？　少なくとも口座に千ドルはあるぞ」

「おまえほどのジャーナリストにそれでは少なすぎる」

「それくらいで満足しておけよ」

「おまえのボスは大金持ちだ。われらは武器が必要なのだ」

マークは請求書を受け取ったに違いない。法外で、受け入れがたいほど高額の。ウイグル人は、怪我をしたネズミをいたぶる猫のように楽しんでいるのだろう。

「われらがアッラーの部隊を結成して以来、おまえが一番の獲物だ。ぜひともこのもてなしを堪能してほしい。普通はこれほどの配慮をしてもらえないものだ」

そう言い残し、ウイグルの元数学教師は姿を消した。

ブルースはパンを食べ終わり、液体洗剤のような水を飲んだ。ありがたいことに自分の腸はチタン製だが、いつかは下痢に苦しめられるだろう。やつらは楽しみのためだけに捕虜をいたぶろうとする。

十中八九、ここは地獄のシリアだ。ブルースは、中国当局がチャン・ダオに目星をつけていたために自分が見つかって、ウイグル人に売りとばされてしまったのだと推理した。当局としては、これで中国にいた形跡は残さずに殺すことができると思ったのだろう。ところがウイグル人のほうは、人質がヴォドワ帝国とつながりがあると知り、商売の匂いを嗅ぎとった。ある程度の金額になると、神に選ばれし者でも刀をおさめられるものなのだ。

おかげであれこれ考える時間ができた。地下室の中では自由に動けるため、情報を最大限記憶して、窮地を脱す足がかりをつかまなければならない。

どこに行ったとしても、狂信者はたいてい軍隊式の時間割を組んでいる。見回り、食事、トイレ代わりのバケツの出し入れ、そして、日に五回の祈りの時間。こうした場所ではよく小さなほころびが見つかるものだ。

しばらくは、観察と、睡眠という万能薬に頼って体力をつけることに専念する。ブルースはそう決意すると、小石まじりの土の上で、昼でも夜でも何時であろうと眠った。

それに、自分はひとりではなかった。息子が不思議な力でつながってくれていた。ジュニアは自分が生きていることを知っている。それは必ず、プリムラの心に光をもたらすだろう。こんなやり方は聞いたことがないが、安否を伝える方法としてはなかなか効果的かもしれない。

そして、マーク。

親友が暗い穴に落ちないように、あちこち捜して飛びまわっているはずだ。

31

マークは、ブルースの解放作戦に入ることを伝え、プリムラを安心させたかった。だがこれについては、敵であろうと、スミスやジョージのような臨時の同盟者であろうと、誰にも知られたくない。そこで、セキュリティ対策がとられてはいても、インターネットを介する文書のやり取りを避けて、のぞき見の危険性がないやり方を採用した。手書きの短いメッセージを郵送したのだ。

安心させる……ふさわしい言葉ではない。プリムラはこれまでにとてつもなく恐ろしい目にあってきただけあり、世間知らずではない。それに、マークは嘘をつきたくなかった。だから、ほんの一行、《スクラムを組む》と書いて送ることにした。ブルースと一緒にラグビーで戦う姿を見てきた彼女なら、決定的な作戦が始まることに気づいてくれるだろう。

今朝もまた、マークは聖ジョンの代わりにロールスロイスの後部座席に座った。この身に降りかかった爆撃による被害からは回復しつつある。ただし、かつては世界の一部を支配していると信じるほどの虚栄心があったのに、今は海のど真ん中で遭難して、救命ボートで漂っている気がした。

それでも、父親が本当に話したかったことが何なのかはわかった。〈知られざる優れ人〉のことだ。聖ジョンにとってはこれが生きる意味であり、息子に伝えたかったことなのだろう。しかし、誰かが最も過激な方法でそれを阻止した。〝新しい君主〟が、権力の拡大を阻む敵を抹殺しなければならないと判断したのだ。相当な力を持つ組織のリーダーに違いない。マークに自分に誓った。それが誰であろうと、絶対に狩りだしてやる、と。

そのためにも、まずはブルースを取り戻す。ふたりならどんな相手でも怖くはない。それに、ブルースはすでに狩りを始めていたではないか。

ノートの中身については、最初に危惧したとおり、解読はできなかった。マークはレヴィと朝食をともにして、〈スフィンクス〉のひと言だけしか特定されなかったという報告を受けた。それ以外はあまりに省略されすぎているらしい。何かの本が暗号作成の鍵として使われているようだが、それはブルースにしかわからないのだろう。

残念だけれども、仕方がない。今はは作戦の成功に向けて、エネルギーを集中させなければ。

◇　◇　◇

ＭＩ６の会議室は、さながらコンピューターとモニターの展示会のようだった。スミスはスリーピースのスーツを着て高級ネクタイを締め、ジョージは半袖の茶色のシャツに、ビロードのパンツをはいている。

「先ほど」ジョージが声を出した。「カドラン社製のドローンを使い、近東で一掃作戦に入りました。素晴らしい製品です。まずは、同じくそちらの工場でつくられた衛星によって位置を検出し、その後目標を破壊します」

「周辺に何らかの被害は？」マークは尋ねた。

「ほぼないに等しいかと。派手に宣伝はしていませんが、ある状況下においては、われわれはアメリカ人よりも優れた力を発揮します」

「あちらには知らせているのでしょう？」

「いいえ」今度はスミスが答えた。「アメリカにも、ＮＡＴＯにも知らせておりません。これは、われわれとあなた方の間の個人的な事件です」

「一国だけ、頼りになる中立国があるので、そこに伝えます」ジョージが続けた。「スイスに」

「交渉役として？」

「それだけではありません。作戦を行う場所については、彼らが隅々までわかっているので、必要不可欠な情報を教えてもらうことになります」

「つまり……ブルースの居場所がわかったと？」マークは驚いて確認した。

「そうです」

初めての朗報だ。

モニターが明るくなった。

衛星写真が映っている——砂漠にある小さな村、十軒ほどの家、二本のヤシの木、貯水タンク、ヤギ、見張りについている武器を持った人間。

その中のひとりがお茶を飲んでいる。

東洋人だ。

「ウイグル人でした」ジョージが説明した。「意表を突かれましたよ。まさか彼らがかかわっていたとは」

「どうやって見つけたのです?」

「各自が必要な仕事をしたまでです」またジョージが答えた。「今も戦地にわれわれの戦闘員が行っています。相手がどれほど慎重に動こうが、中国系のムスリムグループはひとつも見逃しません。金はかかりますが」

「MI6は金遣いが荒すぎる」スミスが嘆いた。

「ブルースはどこですか?」

「シリアの国境沿いです。今のところはこれで勘弁していただこう」

「推測ですか、確定ですか?」

「そちらのドローンにはさまざまなシステムが搭載されています」ジョージが続けた。「たとえば、物が集まっているところで体温を感知して、位置の割り出しや分析ができる。情報が入った時に、それを使って建物の中を探りました。男が十人、女がひとり。そして小屋にいる大柄の男。この最後の人物だけが外に出ません」

「別の捕虜という可能性はありませんか?」

ジョージが腕を組んで言った。

「われわれは素人ではない。この人物とあなたの友人の特徴は完全に一致しています。身代金については、リーダーと交渉が始まりました。相手は元数学教師です」

「つまり……誰かを潜入させたのですね?」

めずらしく、ジョージがほほ笑んで見せた。

「ウイグル人は餌に食いつきましたよ」今度はスミスが答えた。「大枠で合意しています。現金で四億ドル、追加で四億ドル分の武器です」

「それでブルースは釈放されますか?」

「いえ」ジョージが断言した。「死体が戻るだけです」

「推測ですか、確定ですか?」

「確定です。あいつらは本当に獰猛《どうもう》ですから。チャンスが欲しいなら、プロが放つ本物のパンチを食らわせないと」

「もちろん、僕も行きますよ」

「冗談じゃない」ジョージが反発した。

「僕は自殺志願者ではなく、ただの勘が働く人間だ。その本能が、自分が現場に行くべきだと告げているんです」

「私は、冗談じゃない、と言いましたよね？」

「ヴォドワ氏が命を賭けたいとおっしゃるなら」スミスが言った。「止めることはできない。軍隊にいた時の記録を見ましたが、ご自分でどうにかできるでしょう」

「殺されたら、誰が責任を取る？」ジョージが反論した。

「僕です」マークは答えた。「そちらが免責である書類にサインしましょうか？」

「当然です。大量に用意してください」ジョージは怒ったように言った。

「紳士同士なら最後は理解しあえるものです」スミスが話をまとめた。

「書類を書いたら」ジョージが言った。「一緒に来てください。三日間の集中訓練を行なって勘を取り戻してもらいます。終わったら、出発です」

32

ブルースは運がよかった。ほとんどの人質はサディストたちのおもちゃにされ、ひどい扱いを受けている。それなのに自分は、ウイグル人のリーダーと毎日一時間はおしゃべりを楽しんでいる。彼はその間に自分を監視しているようだ。金と武器をもたらしてくれる男の首を斬り落とし、そのシーンを世界中に中継するのが最高に待ち遠しいのだろう。

だがブルース自身も、どんな些細なことも見逃さず、記憶していた。地下室には窓があり、太陽の光が入ってくるので、時間の感覚が失われることはなかった。中国の牢獄に似せた牢番たちの行動も、まったく乱れることはない。それが、一回だけ例外が発生した。夕食の配膳係が昨日の夜、かんぬきを挿し忘れたのだ。

本当にうっかりミスなのか、あるいは狡猾な罠か。人質を試すことは、やつらのちょっとした楽しみになる。ドアを押したらどうなるのだろう。こん棒でめった打ちにされるのか、あるいは……自由になれる？

初めての誘惑は無視することに決めた。まずは状況を見極めなければならない。そのあと、またかんぬきを挿し忘れるのか、様子を見る。

　唯一、部屋から出られるのはシャワーの時だ。必ず武器を持ったふたりの男が監視につき、三人目がバケツの生ぬるい水を頭からかける。これが最高に気持ちがいい。ほんの数秒の喜びではあるが。全員の前で真っ裸になってもブルースはまったく気にしなかった。かろうじて汚れていない程度のタオルでゆっくりと身体を拭き、もとの洋服に袖を通す。その間にも、何らかのほころびを見つけなければならない。

　これまでのところはまだ何も出てこなかった。

　太陽が沈み、リーダーが牢獄に入ってきた。

「高級ディナーだ、チキンとパンだぞ」

「いいことでもあったのか？」

「交渉が始まった。おまえの値段はなかなかだ」

　ブルースは心の中でつぶやいた。マークが動いている。しかし、こいつらの計画は単純だな。金を集めて、俺を殺して、死体を売る、それだけだ……。

「おまえはほかのやつらのように、不実ではない」

「そうかい？　じゃあ俺の売りは何だ？」

「とても有名で、とても影響力があるジャーナリストだ」

　ウイグル人は常にほほ笑んでいるように見えた。生まれつきそういう口なのかもしれないが、よく見ると、絶対に溶けない氷のように一ミリたりとも動かない。殺す時もほほ笑みながら殺すはずだ。

「それが勃起するくらい嬉しいのか？」

「ひとつ頼みがある。この戦いはイスラム教の勝利であり、おまえはそのことを知らせなければならない。人々に知らしめるのはおまえの仕事だ。世界中にいる大勢の若者が、イスラム国の拡大のために行動している。シャリーアを実践すれば生きる意味を思い出す。子どもたちも、悪人の粛清《しゅくせい》を通じて悪に立ち向かうことを覚える。おまえは悪人ではないな？」

「悪人の中の悪人に決まっているじゃないか！」

「私には夢がある。ダマスカスのウマイヤド・モスク（シリアの首都にある現存する最古のモスク）の上ではためくイスラム国の旗が見たいのだ。もちろんこの夢は、ほんの通過地点にすぎない。そのあとのことは、おまえが伝えるのだ。紙とペンを持ってきたから、私の言葉を書きとめろ。それを記事にすれば私が拡散しよう」

　ブルースは腕を組んだ。

「理解しあえてないようだな、太っちょ。俺はおまえのフェイクニュースを広める拡声器じゃない」

「フェイクではない。真実だ」

「これから話すことは紛れもない本物のニュースだから？」

「そのとおり」

「ねじ曲がったパンチを出すと、敵の闘争心に火がつくと思わないのか？」

「まったく思わない。なぜならわれらは理念の戦いに勝利したからだ。二〇一五年九月二十一日、国連はサウジアラビアを人権理事会の独立専門家委員会のトップに指名した。トルコの大統領はEUにあがめられ、われらの信仰はあちこちに広まっている。反対する者は人種差別主義者だ。中東にカリフ制度が復活したら、未来がどうなるか教えてやる。私のチームの任務はバルカン半島全体の制圧だ。その間に、邪教の者どもが戦略拠点にする二カ所が同時に狙われる。ジブラルタル海峡とスエズ運河だ」

「なぜ俺にそんなことを話す？」

「誰も反応しないからだ。いや、未来が確定しているからこそ、最後まで逆らう者たちも恐怖におののく。やつらは武器を捨て、イスラム教に改宗するだろう」

　ブルースは怖じ気づいた。本物の震えが走る。横をすれ違っただけの人間をむさぼり食おうとする怪物に、頭ではなく初めて肌で触れているからだ。

「まだほかにもあるぞ。おまえが要求の多いジャーナリストであることは、知っているからな」

「〈スフィンクス〉について何か知っていることは?」

ウイグル人はしばらく黙って考えこんだ。ブルースは黒インクのボールペンをじっと見つめた。

「ここまで話したことを順序よくまとめてくれ。そこから、われわれのほうで文章をふくらませていく」

「つまり、おまえが手を加えようとしているのは、この俺さまの原稿だとわかった上で言っているわけだな?」

「これは私のためだ。われらはこの戦争に勝つ。なぜならおまえらが生を愛する以上に、われらは死を愛しているからだ」

33

マークは現場に到着して、よくこんな場所にブルースを隠したものだと感心した。ウイグル人テロリストたちは、マークがブルースを捜すとしたら、ダーイシュの支配地域のど真ん中、ラッカあたりだと思ったのだろう。だからそこではなく、イスラエルとの国境にほど近い、ゴラン高原のシリア側に監禁したのだ。

だがことはそう簡単には運ばない。数百メートル先では、いくつもの過激派集団が戦いを繰り広げていた。アルカイダの関連組織で、アメリカやサウジアラビア、フランスの支援を受けているともいわれるヌスラ戦線、湾岸諸国やトルコから資金が流れているというダーイシュの戦闘員、ロシアやイランが武器を供与しているというシーア派民兵、それ以外にも残虐さではほかに引けを取らない不特定多数の部族の戦闘員など、各勢力が割拠して、アッラーの名のもと日々殺しあっている。その脇ではイスラエル軍が、スイス兵並みの注意力をもって情勢を観察しているのだ。

戦闘服に身を包んだジョージが、マークを最前線の部隊長に紹介した。部隊長のニコラウスはスイスのフリブール出身で、年は三十代、顎からもみあげまで見事な髭を生やしている。生き生きとした目をしているが、様子はどこか気遣わしげだ。

「首尾はどうだ、ニコラウス？」

「進展はありません。ただ、人工衛星からの報告で、そちらが捜している人物の居場所が特定できました。水浴びしている姿を撮影しています」

スイス人隊長が写真を差し出した。確かにブルースだった。痩せてはいないようだ。

「敵は何人だ？」ジョージが尋ねた。

「ウイグル人が二十人ほどです。素人ではないですね。三日前にヌスラ戦線の襲撃を受けて、追い払っています。相手は全滅、ウイグル人からはひとりの怪我人も出していません」

「交渉は？」

「それなりに進んでいます。金と武器を要求されました。その後、人質を返すと」

「つまり、爆弾を仕掛けた箱の中に、切り落とした首を入れて返してくるというわけか」

「おそらく」

「現場の状況は？」

「村の周囲一帯には地雷が埋められていて、昼も夜も見張りが立っています」

「人質を無事に救出できる可能性は？」

「楽観的に見積もって、ゼロから一パーセント以下というところですね」

「楽観的ということなら、僕の得意技ですよ」マークは割って入り、ニコラウスに質問した。「突撃するのに最適な時間はいつです?」

「夜明け前でしょう」

「その場所の詳しい地図はありますか?」

マークとジョージはスイス人隊長の案内で司令部に向かった。駐屯に必須の貯水タンクの前を通り、スチール製の階段をのぼる。防弾ガラスで覆われた管制塔に入ると、そこでは三人の男たちが双眼鏡で周囲を監視していた。それぞれ、スイスのヴォー、ヴァレー、ルツェルンの出身だという。

あたりを眺めると、ブドウ園は荒れ果て、畑は焼きはらわれ、砕けた石や、戦車やジープの残骸が散らばり、家々はほぼ廃墟と化している。

まだら模様の猫がマークの足元にまとわりついてきた。

「そいつも大事な助っ人なんですよ」隊長が言った。「この辺にうようよいるサソリを見つけてくれるんです。いつの間にかブーツの中に入っているので、そいつがいなかったら犠牲者が出るところでした。ターゲットを見ますか?」

双眼鏡は驚くほど高性能で、建物のひとつひとつ、見張りのひとりひとりが識別できる。ニコラウスが念を押すように言った。

「われわれはここを離れることはできません。緊急の際にも介入はできないんです」

「はなから頼むつもりはない」ジョージが言った。「私たちはここには来てさえいない」

「助かります。そうした事態にならない自信があると？」

「どうだろうな。とりあえず情報は集めてある」

アメリカにおとなしく追従するイギリスと、イスラエルとの間にあって、事態は良好とはいえなかった。だが、順応性の高いＭＩ６の交渉人たちはイスラエルに対し、安全保障にかかわる情報を提供するのと引き換えに、イギリスの作戦を妨害せず、むしろ支援側に回るよう説得することに成功していた。

いよいよ具体的な段取りを決める時が来た。

「どうあっても参加すると？」

ジョージに尋ねられ、マークはきっぱりとうなずいた。実践能力に衰えがないことは集中訓練ですでに証明できていた。それに、必ず自分が必要になるはずだという予感がする。

「では私の部下ふたりとともに、後方で掩護《えんご》に回ってくれ。ほかの十人は地雷の埋まっていない細い筋に沿って行くこと」

目の前のモニターにその細い筋がはっきりと表示された。カメラとコンピューターを搭載したドローンの地表分析能力は、驚くほど精度が高い。ジョージが説明を続けた。

「まずは、武器庫、食堂、宿舎、司令部を破壊する。使用するのはロシアの最新兵器、TOS-1「ブラチーノ」、爆薬と引火性液体燃料タンクを組みこんだ多連装ロケットランチャーだ。爆発力と掃討力は保証済みで、ウクライナの内戦では、親ロシア派の分離主義勢力がこいつのおかげで大成功をおさめている。生き残りがいたら、各自がとどめを刺せ。よし、準備にかかるぞ」

それぞれが位置関係を頭に叩きこんだ。その上で、ヴォドワ社製の腕時計型ウエアラブル端末も身に着ける。これにはトランシーバー兼GPS機能がついていて、危険を感知すると赤い光が点滅するようになっていた。

マークも端末を手首に巻き、防弾チョッキを受け取った。これもヴォドワ社の工場で考案された製品で、目立つことなく安全を確保できるよう、軽くてしなやかなつくりになっている。サイズや色も豊富で、必要性は不明だが、優雅さまで備わっていた。

ジョージが拳銃を差し出した。シグ・ザウエルの自動拳銃、P226。口径は九ミリで装弾数は十六発。扱いやすく、貫通力も破壊力も大きい。

「くれぐれも注意してください」スイス人隊長が忠告した。「あのウイグル人どもはひと筋縄ではいかない連中なので。やつらの防御態勢はすべて突きとめました。そちらの戦略も完璧です。だからこそ、こんなにうまくいっていることが心配なんです」

「やつらに援軍が来る可能性は？」ジョージが尋ねた。

「ありません。村は孤立している上、われわれが常時周囲を監視していますが、特段変わった様子は見られません。それに、あっという間の襲撃ですから、援軍は間に合わないと思われます」

ひとつ、誰も口に出さないものの、最悪の可能性がマークをはじめその場にいる全員の頭をかすめた。特殊部隊が救出する前に、ブルースが首を掻き切られて殺されてしまったら？

聖ジョンはよく言っていた。「選択の余地がない時、人は自由になる」と。もう一刻の猶予もない。

34

こめかみが割れそうに痛い。腹の中も、きりきりとよじれるように痛みはじめた。そうでなくてもブルースは夜じゅうずっと、あの元数学教師に、コーランの教義や例のスエズ運河破壊計画について――こちらはまだ夢物語のようだったが――聞かされて、うんざりしていた。いずれにしても、二〇〇一年九月十一日のアメリカ同時多発テロ以降、親切で身ぎれいで礼儀正しい高学歴の青年は、警戒すべき対象になってしまった。

それでも、メモを取りながら話を聞いてやったことがリーダーを満足させたらしかった。有名なジャーナリストの記事によって、国際的テロリストのトップに名を連ねる自分の姿を今から想像しているのだろう。しかも、自分がその人物の首をはねて、ビデオで世界に発信するのだから。

ブルースは眠れなかった。

ウイグル人が出ていったあと、鍵が閉まる音を聞いていない。それを考えるとますます眠気が覚める。

脳裏に大切な人たちがよぎった。妻と息子、飼い犬、そしてマーク。親友は今ごろ、自分を見つけだそうとあらゆる方面に奔走しているはずだ。しかし彼がここにたどりついたところで、テロリストたちは警告を発することなく人質の自分を殺害するに決まっている。

助かるとしたら、身代金との引き換えだけだが……。元数学教師が約束を守る誠実さを持ち合わせているかは疑問だった。この男の考え方からすれば、異教徒など、死体を送り返しさえすれば、それで道徳的な義務を果たしたことになるに違いない。

ここから逃げ出さない限り、生き残ることはできない。けれども、砂漠を抜け出すには車が必要だ。そういえば、先ほどから二度、エンジン音が聞こえた。おそらく車を点検する音だ。いっそのこと車の鍵を抜き忘れてくれないだろうか。もっとも、下手な推理小説の二の舞は困る。車が動かない、どこへ向かっているのかわからない、サメがうようよいる海を渡らなければ目的地に行けない……。

やるなら夜明け前の礼拝の時間がいい。彼らは戒律を疎かにせず、きちんと礼拝時間を守っていた。ブルースは全神経を集中して考えた。すると、ジュニアの顔が目の前に現われた。これはどういう意味だろうか？　待てということか？　それとも、やれと？

ブルースは、ゆっくり、そっとドアを押した。まったくきしむことなく開いて、何の反応もない。隙間から外をのぞいてみた。

誰もいない。左手のほうは水浴びをした場所で、右手には木箱が山積みになっている。

正面は建物の裏側だ。

思いきって外に出た。

頭がくらくらする。

自由は人を酔わせてしまうものらしい。
二、三秒待って頭の揺れをおさめ、左に一歩、また一歩と、ゆっくり足を踏み出す。音の聞こえた方向からすると、車が止まっているのは左手のはずだ。
そのまま進むと、ウイグル人がふたり、メッカの方向を向いて祈りを捧げているのが見えた。やはり礼拝時間を選んでよかった。やるなら今しかない。

十メートル先にジープが止まっていた。

走らないように、砂を鳴らさないように、注意しながらジープにたどりつき、運転席に座った。

車の鍵がささっていない。

「探しているのはこれかな?」

いつの間にか元数学教師が現われ、鍵を見せびらかしながら言った。

ブルースはハンドルを握りしめた。

ウイグル人たちが次々とリーダーの周りに集まってきた。まんまと罠にはめられたのだ。

「私から逃げられるわけがない。信頼を裏切るとは、ばかな真似をしたものだ。罰を与えねばならないな。だがその前にひとつ。明日には交渉が決着して、われらは要求したものを受け取ることになる。そのためには元気でぴんぴんしているおまえの写真が必要だ」

デジタルカメラのフラッシュが光った。元数学教師が写真の画像を確認している。

「笑顔が足りないようだが、まあいいだろう。さあ、罰を与えるぞ」

男たちがこん棒を振りかざした。ひとりかふたりには反撃できるだろうが、あとの者には激しく殴られて、完膚なきまでにやられてしまいそうだ。

元数学教師はヒステリックに手を振って、猟犬たちに獲物を襲えと合図を出した。

その時だった。先ほどのフラッシュよりもっと強力な閃光が、あたり一帯を照らした。テロリストたちが火炎と土煙の中に投げだされ、ブルースも竜巻ほどの爆風で砂漠に向かって吹きとばされた。

◇　◇　◇

特殊部隊は建物ごとにロケット弾を撃ちこんだ。ブルースが捕らえられている建物を除くすべてに。綿密に計算し、正確に照準を定め、目標物に命中させていく。建物が吹き飛んで地上の見晴らしがよくなった時、戦闘員たちは、全方位を警戒しながら突撃を開始した。ジョージは先頭を切って、どこから敵が飛びだしてきても応戦できるよう神経を研ぎ澄ませながら走った。

マークは、体格のいいふたりのイギリス人戦闘員とともに、地雷原の間を通る道のはずれで待機していた。建物が燃えあがるのが見えた。奇襲の効果は絶大で、作戦は大成功だった。ブルースがまだ生きているとすればの話だが。

突然、イギリス人戦闘員のひとりが頭から地面に倒れた。首を切り裂かれている。マークは脇に飛びのいた。その瞬間、首をかすめてナイフが空を切った。振り向くと、全部で三人、ウイグル人らしき男がいる。砂に掘った潜伏場所から飛びだしてきたのだ。

もうひとりのイギリス人は、襲われながらも応戦している。マークは地面に転がり、敵の頭を狙って拳銃の引き金を引いた。シグ・ザウエルは期待を裏切らず、銃弾がウイグル人たちの頭を貫通した。だが、イギリス人ふたりはそのまま息絶えた。

村に行くと、あたりはまるで地獄絵図と化し、炎は空高く燃えあがり、死体が焼ける時の鼻を突く異臭が充満している。

「ブルース!」マークは声を限りに叫んだ。「ブルース!　どこにいるんだ?」

35

ジョージと彼の部下たちが、ブルースの巨体を引きずって、燃えさかる炎の中から姿を現わした。ブルースはぴくりとも動かず、衣服が引きちぎれ、身体は血まみれになり、まともな状態には見えない。

「大丈夫、爆風で飛ばされただけだ。敵は全員始末した」

ジョージはそう言ってから、ふたりの仲間の遺体とウイグル人三人の遺体に目をやった。その顔からはどんな感情も読み取れない。

「よくやった。そっちのふたりを車に乗せたらすぐ退散するぞ」

一行が乗ったジープは猛スピードで軍の飛行場に向かい、マークたちはそこから飛行機に乗ってロンドンへ戻った。ブルースは医師の治療を受けたあと、鎮静剤を打たれて赤ん坊のように眠っている。

「危ないところだった」ジョージが言った。「ブルースは監禁されていた建物を抜け出していたから、殺されていた可能性もあった。目覚めたらすぐに事情聴取を行なう」

「どういうことですか？」

「ブルースが知っていることをこちらも知っておく必要がある。救出のためにふたりの若者が命を落としたんだ」

「拒否したら？」

「その選択肢はない」

「イギリスは民主主義国家だとわかっていますよね」

「きみたちは今、ＭＩ６の保護下にいる。指揮をとっているのは私だ」

◇　◇　◇

マークとブルースは、ロンドン南部の人目につかない一軒家に移された。家は高い塀に囲まれた庭の真ん中にあり、厳重な警備体制が敷かれている。ブルースは医療設備の整った部屋に、マークは別室に入れられた。部屋は快適で設備は最新、食事もまずまずだが、これは独房であり、隔離されていることに変わりはない。ドアは鋼で補強された強化扉で、テレビもラジオもなく、外部との連絡手段もいっさいなかった。あるのは新聞の『タイムズ』と推理小説だけだ。マークは腹立たしい思いでいらいらと時を過ごした。

いっぽう、ブルースはベッドの上で目を覚ました。身体じゅうが痛くて仕方がない。頭のてっぺんからつま先まで全部手でさわって確認した。欠けているところはないようだ。

今度は室内を見まわした。格子のはまった窓、白い壁。バスルームからは消毒液の匂いがする。呼び鈴が目に入ったので拳《こぶし》を叩きつけた。

数分後、鋼の強化扉が開いた。チェックのシャツを着てスウェットパンツをはいた男が現われた。

「ブルース、調子はどうだ?」

「見覚えのない顔だな。あんた誰だ?」

「MI6のジョージ。きみの記憶を取り出しに来た。私は打ち明け話が大好きなんだよ」

「それは俺も同じだ。じゃあ俺たちは仲よくできないな」

「私はきみを救出した。そしてきみのせいでふたりの部下の命を失った。だからきみは向こうで何をしていたのか、どうして捕まったのかを私に話すべきだ」

「ウイスキーが飲みたい。うまいやつを。興奮したあとは喉が渇く」

ジョージが携帯電話でどこかに連絡すると、しばらくしてから警備員がボトルを持って入ってきた。

「悪くないな。緊急時には十分だ」

ブルースはボトルをつかむと、口をつけてラッパ飲みした。

「さあてと、ここが面白くないってわけじゃないが、俺もやることがある。帰るからドアを開けてもらおうか」

「力で言うことを聞かせざるを得ないとなると、私としても面白くはないのだが」ジョージが残念そうな声で言った。

「気にするなよ。俺を追っぱらったら、コメディー映画でも見に行けばいい」

「私は辛抱強いたちだが、度を越さないほうがいい。北京では誰に会うことになっていた？　捕まってウイグル人のところへ送られたのはどうしてだ？」

ブルースは被害者ぶって、両腕を天に向かって突きあげた。

「あんたがやってることは、報道の自由の侵害、プライバシーの侵害、スコットランド独立の妨害だ！　イングランド人の暴走で、俺は未来永劫自由を奪われるんだ。いいか、その小さなおつむに叩きこんでおけ。これまでブルースさまの口を割らせたやつは誰もいないんだ。ブルースさまは自分が言いたいことを、自分の言いたい時に言うんだよ。自白剤なんぞ使ってみろ、ゲロった話がおぞましすぎて、しっぽを巻いて逃げ出すのがおちだ。それからな、この事態を情報局の変人どもにぶちまけたら、あんたの給料に響くんじゃないか？」

ブルースはまたごくりとウイスキーを飲んだ。うまいので、どんどん飲みたくなってしかたがなかった。

ジョージは少しばかり動揺した。この自分ですら、余計な波風を立てないように礼儀は尊重してきたつもりだ。これまで長いことこの仕事をしてきたが、ブルースのような人間に出会ったことがなかったので、どうしていいか決めかねた。

「あんたのせいで危うく死にかけはしたが、泥沼から救い出してくれたことは認めるさ。でもあの時、俺は自力で逃げ出すところだった。それは覚えておいてほしいね。もちろん、うまくいったかどうかはわからん。俺のバカンス村をロケット砲で焼きはらったのはあんただから、その辺のことは俺よりもよくわかっていたんだろ？　あいつらは身代金を受け取ったら俺を殺すつもりだった。リーダーは元数学教師で、方程式とコーランの区別もついてない。やつはスエズ運河とバルカン半島で動乱を引き起こそうと企んでいた。だが、それもわかっていたな？　ほら、協力したぞ。頬にキスしてお別れしようぜ」

「北京のことは？」

ブルースはいらいらしはじめた。

「北京は俺の仕事だ。俺が共産党とファックしようがどうしようが、俺の勝手だ！　知りたければ俺の書く記事を読めばいい」

このタイミングでジョージの腕の端末が鳴った。

ジョージは部屋を出て会話を盗聴していたスミスのところへ行った。ＭＩ５とＭＩ６は常に緊張関係にあるが、協力関係も一時的とはいえまだ続いていた。

「叩きのめしてやる、くそったれが！」ジョージが吐き捨てるように言った。

「やめておけ。やつの親友は巨大企業のオーナーで、そこの製品にはずいぶん世話になっている。今の経営者は愛国心なんぞ持ちあわせていないから、われわれの仕事には恨み辛みが湧くんだろうさ。それでも、少なくともひとつだけ確かなことがある」

「どういうことだ？」

「どん詰まりということだよ。ここまで起こったことは、普通に考えたら理解不能なことばかりだ。今のところ、正しい手がかりがまったくつかめていないのかもしれない」

「それで？」

「ブルースとマークはわれわれにない嗅覚を持ち、優秀なハンターのように諦めない」

「泳がせるのか……。やつらを自由にさせて目を離さず、おいしいところだけいただくというわけか。だが、もし騙されたら？」

「大切なのは、自分にやましいところがないことだろ？」

ジョージはその言葉に神経を逆なでされて、胃がきりきりと痛んだ。表向き、スミスとはこれからも全面的な協力関係を続けるが、実のところ互いに相手には何も知らせず、自分の組織のためだけに行動している。ジョージは、自分とスミスは共通点があると感じていた。つまり、同じくらい途方に暮れていたのだ。

36

「お引きとめして申し訳ない。手続き上必要なもので」スミスが詫びながら、十数枚に及ぶ書類をマークに差し出した。「こちらをよく読んで、間違いがないか確認の上、サインをお願いできますか?」

ブルース救出にいたる奇襲作戦の報告書だった。完全な軍隊様式で、簡潔に事実が記述されている。

ひとつ抜け落ちていることがあった。

「僕が背後から襲ってきたウイグル人たちを撃ち殺したことは書かれていませんね」

「この報告書はいろいろな部署に回覧されます。悪意のある連中が、英雄的行為を攻撃材料にしないとも限りません。あなたが勇敢であったと公にほめたたえることができないのは遺憾ですが、時には黙っていたほうがいいこともある」

文書保管庫には完全版がおさめられるのにと思いながら、マークはサインをした。

「それで、ブルースは？」

「最終的な医療チェックを受けています。拘留の後遺症がまったくないことを確認するためのものです。車を一台用意していますから、ご自由にお使いください。大変な事件でしたが、無事解決して私も嬉しく思っていますよ」

「それで、今後のことは？」

「ジョージがあなた方に連絡を取ることは今後いっさいないでしょう。私のほうは、何か問題があればいつでもお役に立ちます」

◇　◇　◇

マークとブルースは互いのそばまで来て立ちどまった。

「やつらはおまえも監禁していたのか？」ブルースは驚いた。

「まあね。ところで、腹は減ってないか？」

「若干な。鬱のハゲタカくらいかね」

ふたりはトライに成功したラガーマンのようにハグして肩を叩きあった。

外にはジャガーが用意されており、運転手は何も言わずにヴォドワ家に向かった。車内に盗聴器が仕掛けられてあるはずなので、マークとブルースも道中ひと言も口をきかなかった。

ふたりが邸宅に着くと、執事が出迎えた。落ち着いた品のある態度の中にも、主人の帰還を喜ぶ気持ちがにじみ出て、その兼ね合いが申し分ない。

「おかしな訪問客はいなかったかい？」マークは尋ねた。

「偽の配管工と偽の電気技師、偽のコンピューター技師がまいりました。全員、丁重に送り返しておきました」

あちこちの諜報機関がここまで罠を仕掛けにきたことは、これまでもたびたびあった。聖ジョンは安らぎの場所を守ることに心を砕き、その結果、高度な技術を持つ帝国の専門家たちの手によって、邸宅は今やロンドンに軒を連ねるどの大使館などよりずっと安全な場所になっている。

「キャビア、フォアグラ、オマールエビのサラダ、子牛の薄切りのキノコ添え、グリュイエールチーズの盛り合わせ、デザートはシャーベットのファランドール。こちらでいかがでしょう？」

執事の言葉を聞いて、ブルースは舌なめずりした。これほど餓《かつ》えていたことは人生で初めてだった。

「お飲み物はビンテージのロゼのシャンパンから始めて、軽めのサンテミリオン、最後はアルザスのヴァンダンジュ・タルディヴをお持ちいたしましょう」

ブルースは奥を見渡し、玄関ホールに古代エジプトの彫刻が並んでいるのを見て度肝を抜かれた。

「こりゃ本物だ！　しかしまあ、エジプト人の石を扱う技術はたいしたもんだな」

夕食は居間で供された。ここは田園風のしつらえになっていて、野良仕事や羊の群れ、木立などの牧歌的な風景画が飾られている。

ブルースはすぐにフルートグラスにつがれた一杯目のシャンパンを飲み干した。

「いやあ、うまいね！　ところでマーク、プリムラに電話をかけてくれないか？」

執事が最新型の携帯電話を持ってきてマークに渡した。やがて画面にカンボジア人女性の顔が現われた。

「ほら、見ろよ」

ブルースはマークから電話をもぎ取った。

「あなたなの？　本当にあなたなのね？」妻の声がして、息子とニューファンドランド犬も隣に姿を見せた。

「俺だよ。ちょっと変わったかな？」

「すごく疲れているみたい」

「あんまり食ってないからな。でもすぐに元気になるさ」

「怪我はしていないの？」

「ガミガミ怒られただけだ、身体は無傷だよ」

「本当なの、パパ？」ブルース・ジュニアが心配そうな顔で割りこんできた。

「大丈夫だよ、ジュニア。宿題はちゃんとやったか？」

「ちゃんとやったよ」

「あなた、早く帰ってきて」ブルースの横からプリムラが言った。

「そうは言っても――」

「早く帰ってきて。サプライズがあるわ」

「いいことか？　それとも悪いこと？」

「わからない。でもあなたの仕事に関することよ」

マークがうなずいて、ブルースにゴーサインを出した。

「わかった。食ったらそっちに行く」

顔を見るたび、ブルースはプリムラに夢中になった。高潔で優雅で、幸福感と無力感をあわせ持った女性。これまでほかの女のことをそんなふうに感じたことは一度もない。浮気をしないように努力する必要もなかった。彼女に比べたら、どんな女も色あせてつまらなく見える。

ロゼのシャンパンのボトルは、五分もしないうちに空になった。食前のつまみにキャビアを乗せたトーストが出て、そのあとは正統派の前菜である、フォアグラのイチジク添えが続いた。

「マーク、おまえも戦闘に加わったのか？」

「バックスにいた」

「自分も死んでいたかもしれないんだぞ？」

「同じ立場ならきみだって僕のためにそうしてくれただろ」

ブルースは、マークの小さな変化に気がついた。いつもと違って寂しげな目をしている。

「何かあったな？」

「聖ジョンが……」

「なんだって？　聖ジョンがどうした？」

「殺された。乗っていたジェット機が飛行中に爆破されたんだよ」

ブルースはサンテミリオンを立て続けに二杯飲み干した。聖ジョンのような英傑は死ぬべきではなかった。年齢をまったく感じさせなかったのに。誰も代わりを務めることができないのに……。

マークはこの世の終わりのような顔をしていた。だが、否が応でも巨大企業のトップに据えられ、投げだすことは許されない。今後は海軍大将の軍服を着て、大艦隊を統率していかなければならないのだ。

ブルースは湿っぽい悔やみ事を口にするのをやめた。

「おまえなら十分にやっていけるさ。最初は大変かもしれないが、聖ジョンが導いてくれる」

「父さんの死は〈スフィンクス〉とつながっている」

ブルースはまた顔を殴られたような気がした。

「おまえ、何ばかなことを言っているんだ？」

「ブルース、話がある。今までは、きみの記事ができあがるのを待つだけだった。だが今回は僕も調査に加わる。きみと協力して真実を突きとめたいんだ」

ブルースは低い声でうなるように答えた。

「この食事と酒を聖ジョンに捧げよう。話は飛行機の中だ。おまえの言うことが本当なら、おまえの父親を殺したやつを捕まえる」

37

ジョスは、聖ジョンの命を奪ったテロがどうしても許せなかった。あのジェット機は、自分自身で何度も点検していた。もし、ニューヨークで自分が出発前の安全点検をしていたら、最悪の事態は避けられていたかもしれない。

今回マークが搭乗するにあたって、ジョスは自ら点検を買って出た。わずかでも異常があれば、犯人を叩きのめしてやるつもりだった。

マークとブルース、二名のボディーガード、乗務員たちを乗せたジェット機は、アイスランドに向けて真夜中に離陸した。

格闘技の心得のある乗務員が、アルマニャックとコーヒー、そして食後の小さな菓子を運んできた。上空の天候は穏やかで、アイスランドでも噴火している火山はないようだ。

ブルースが話しはじめた。

「俺は陰で操ろうとしているやつらには我慢ならない。だからその黒幕連中のことをずいぶん調べた。思ったとおりだったよ。ほぼ公になっていないサークルやらクラブやらがうじゃうじゃあって、そういったマスコミの目の届かない場所で、少数の人間が秘密裏に意思決定を行なっている。裏切り者がそのグループのことを口外した場合には、そいつを除外してまた新しいグループを編成するわけだ。俺は何人かの陰の実力者のリストを入手したが、ある時、何だかおかしなことに行きあたった。それが〈スフィンクス〉だ。直感的にこいつは何かあると思ったね。何かとてつもないことが。そうこうするうちに、サー・チャールズとかいうスパイの話を聞いて、この直感が間違っていないことがわかった。そいつから北京にいるチャン・ダオという人物の情報をもらい、俺は中国へ行った。だが待っていたのはチャン・ダオではなく、チャンになりすました中国の当局者だった。やつは俺をウイグル人のところへ送って葬り去ろうとした。あっちで知りすぎた西側の新聞記者が殺されようと、中国政府は何のおとがめも受けずにすむからな。だが、あの偽物のチャンのおかげでひとつわかったことがある。〈スフィンクス〉なる人間は善人側だ。悪人側ではなく」

「きみは誰が悪人側か知っているのか?」

「今はまだわからない。でも、何が何でも見つけるさ。俺は、指令を出しているやつを絶対に突きとめてやる」

「俺は、じゃない、俺たちだ」マークはブルースの言葉を訂正した。「僕は聖ジョンが〈スフィンクス〉の中心人物だったことは間違いないと思っている。あの組織は古代エジプト王朝時代から、九人のメンバーでずっと続いてきたらしい。絶え間なく人間を脅かす闇から、この世界を守るために」

「そりゃずいぶんご苦労な仕事だな！」

「これまでこの組織は、最も大切な秘儀を後世に伝えつづけてきた。それが錬金術だ」

「錬金術？　鉛を金に変える、あれか？」ブルースがいぶかしげに言った。

「それはごく初歩的なイメージだね。本来、古代エジプトの錬金術というのは、光と作用して生まれるもの、つまりすべての物質のもとになる《第一質料》の知識を使って、命の神秘を解き明かすことであり、死を永遠の命に変貌させることなんだよ。最先端の科学者たちもこの考えに沿って熱心に研究を続けたが、彼らには〈スフィンクス〉に伝承される秘儀が欠けていたんだ」

「なんで〈スフィンクス〉はそれを教えなかったんだ？」

「人間には正しく用いることができないと思ったからだろうね」

　マークはブルースにそう答え、説明を続けた。

「昔の中国人は爆薬の技術を持っていたが、長い間、花火をつくることにしか使われてこなかった。ところがそれが軍人の手に渡ったとたん、悲惨な結果になったじゃないか。古代エジプト人も同じだ。石油はあったが、ミイラをつくるために使っていただけだったのに、今では、石油は本当に黒い金になってサウジアラビアを潤している。あの国は、原理主義運動やそれと同じくらい危険な国々を先導しているんだ。そして今、最悪なものが世界を席巻しているわけさ。インターネットだよ。あれはもともと軍事技術だったのに、これほどまでに人々の生活に入りこんで悪影響を与える存在になった。インターネットのせいで世界は画一化するいっぽうじゃないか。そんな世の中では独創性は排除されるのみ、命令に従わない者は死刑だ。だから〈スフィンクス〉のメンバーを抹殺する理由はこれだと思うんだ」

「もう四人も犠牲者が出たな。おまえの父親、中国のチャン・ダオ、シリアのハレド、アフガニスタンのマスード・マンスール……」

「残りの五人も〈スフィンクス〉の決まりにのっとって、世界中に散らばっているはずだ。聖ジョンが財政を一手に預かって、メンバーが各自の役割を果たせるように支援していたとすると、聖ジョンがいなくなった今、組織は大変な苦境に立たされているに違いない。そして五人に対する狩りが行なわれようとしている。いや、もう行なわれてしまったのかもしれない。それなのに僕たちには何の手がかりもない。イギリスの諜報機関だってそうだ。何の情報もつかんでいないから、僕たちを手なずけて情報を得ようとしているんだ」

「おまえは……ここでやめておくつもりはないのか？」

「誰が、何のためにに、父さんを殺したのか知りたいんだよ」

　ブルースはもう一杯アルマニャックを頼んだ。

「マーク、この件は尋常じゃないぞ！　俺たちは煙に巻かれているみたいじゃないか？」

「〈知られざる優れ人〉はただの伝説じゃない。でも伝説だということにして姿を隠していたんだ」

「聖ジョンはおまえにそのことを全部話したのか？」

「話そうとした矢先に殺されたんだ。だから僕はこの件を諦めない。このことで僕の人生は大きく狂わされた。失うものはもう何もないんだよ、ブルース」

「俺は目を回してぶっ倒れるタイプじゃないが、こいつは手ごわいぞ。これまでも口じゃ言えないような危ない事実に近づくたびにひどい目にあってきたが、この件は群を抜いているよ！　なあ、俺、暗殺の首謀者を知っているんだ」

　マークの表情がこわばった。

「落ち着けよ。まだ、そいつが〝新しい君主〟だということしか知らないんだ。つまりは、マキャヴェリが待ち望んだ新君主の二十一世紀版ってとこさ。手がかりはほぼない。どん詰まりだよ。しかしまあ、俺が獲物を追いかける時は、これより少ない手がかりで始めることだって多いんだから」

ふたりは互いの手のひらをパンと音をたてて打ちあわせた。

「ところで、おまえの大事なイリーナは元気か？」

「捨てられたよ。父さんが死んだこととときみが行方不明になったことを知ったその日に」

「彼女も見る目がないな。さて、そろそろ眠るか」

ジェット機は、快適な寝室を二部屋備えていた。ブルースはこのところずっとまともでない状況下で過ごしてきたので、この思わぬ幸運を嬉しく思った。シーツはいい匂いがしたし、羽毛の上がけはこれだけでも旅する甲斐があるというものだった。ブルースは巨体を横たえると、あっという間に眠りに落ちた。

38

着陸時は強風が吹いていた。その直後に驟雨《しゅうう》が降り、かと思ったら陽の光が差して、また突風が吹き荒れた。アイスランドの天気は評判を裏切らない。一日のうちにさまざまな気候があり、どうかするといくつもの季節が次から次へと移り変わる。

ブルースはマークとともに、レイキャヴィクでフォードのブロンコ二台とボディーガードに出迎えられた。二台の防弾車はふたりを乗せるとハイスピードで走りだした。三十七号線はあいかわらずのガタガタ道だったが、ブルースは久々の揺れに気持ちよく身を任せた。人間などちっぽけな存在にすぎないと思い知らされる火と氷の島。ブルースは、この野性味あふれる原初の風景を愛している。世界中を回ったあと、プリムラが選び、手入れしている土地を眺める時は、ある種の心の平和を感じた。

自宅に到着すると、車のドアを開ける間もなく、ブルース・ジュニアと二頭のニューファンドランド犬が駆け寄ってきた。ブルースは、羽でもつまむように軽々と息子を持ちあげ、胸に抱きしめた。息子のほうもこの瞬間が大好きだった。こうしていると、父親が大きな身体で守ってくれている気がして安心するのだ。

「ほうず、最近はどんないたずらをしたよ？」

「いたずらする暇なんかなかったよ。ママのサプライズのせいでね」

確かにプリムラは「あなたの仕事に関する」サプライズがあると言っていた。それを思うと落ち着かなかった。

ブルースが息子をおろすと、今度はマークがジュニアの頬にキスした。

「マークが来てくれて嬉しいよ。一緒に遊んでくれるでしょ？　ぼく、新しい秘密の散歩道を見つけたよ。ほんとに秘密なんだ！　その道を行くと礼拝堂があってね、いい精霊が住んでいるんだよ。だけど性格はちょっとひねくれているから、その子に話す時は優しくしないといけないいんだ。その精霊が、パパが帰ってくるって教えてくれたよ」

ダンテが吠えると兄弟犬のウェルギリウスも吠えた。二頭の大型犬は腹を空かせていて、食事の時間を遅らせたくないようで、先頭に立って家に向かって歩きはじめた。

戸口のところにプリムラがいた。壊れそうなほど華奢で、薄緑のブラウスとパールグレーのパンツを身に着け、髪をすっきりと後ろにまとめている。ブルースはまたもや見とれていた。

それでも、自分の体格を考えると壊してしまいそうで怖かったので、抱きしめたりはしなかった。だから、プリムラのほうがブルースを抱きしめた。

「本当に大丈夫なの？」

「ちょっと腹が減っているだけだ。何時間も食べていないようなものだからな。それに、飛行機ってのは腹が減るんだよ」

「蒸留器がいい仕事をしてくれたの、新しい花のお酒をつくったのよ」

「サプライズはそれかい？」

「そういうわけじゃないけど」

　ダンテとウェルギリウスが、早くキッチンのほうへ行こうと何度もせかすように寄ってきた。食事の時間が待ちきれず、愛を確かめあうのはあとにしてくれと言いたげな顔で見ている。

　キッチンは一度に二十人が会食できるほどの広さがあり、家電製品を隠すように、明るい色のきれいな板張りが施されている。壁には、鍋やナイフ、レードルなどの調理道具が、使いこんだものから最新のものまでいろいろとかかっていた。棚の上にはずらりとスパイスが並んでいる。プリムラは、腹を空かせた四つの口を満たさなくてはならず、料理上手で、いつもたくさんつくった。

　マークはテーブルに五人分の食器が並べてあることに気づいた。ダンテとウェルギリウスが野菜と牛肉の煮込みを食べはじめると、ブルースもそれに気がついた。

「ジュニアの友だちが来るのかい？」

「これがサプライズよ」

プリムラが振りかえると、男たちもつられて同じ方向に顔を向けた。

キッチンの端に、プリムラより少し背の高い、カンボジア人とおぼしき女性が立っていた。まるで寺院の壁に彫られた女神のような神々しさを漂わせている。肌は青白く、この世のものとは思えないような端整な顔立ちだ。マークは、どんな人気女優もこの女性の前ではかすむに違いないと思った。女性は薄紫のブラウスと黒いパンツを身にまとい、まっすぐな、それでいて優しく深い眼差しでこちらをじっと見ている。マークも女性を見つめかえし、ふたりはしばらくそのままでいた。

「友だちのアプサラを紹介するわね。アプサラはアンコール遺跡で危険な目にあったの。お父さんが殺されたのよ。身を隠すところはここしかないわ。それに、アプサラはメッセージを託されているの」

マークは、急に目の前に現われた女性にすっかり動転して、その姿から目を離すことができなくなった。

食事が始まった。新鮮なサーモン、野ウサギのパテ、五香粉で味つけした豚肉、ジャガイモとベーコンのグラタン、しっかりとした骨格の申し分のないブルゴーニュワイン。女性ふたりはほんの少し口をつける程度でたいして食べず、マークも夢見心地になるばかりで食事に集中できないでいたが、父と息子はご馳走を心ゆくまで味わった。プリムラの新しい酒は消化を促す効果があり、食前にも食後にもぴったりで、おかげでブルースの食欲は十倍になった。そして、ここにいる誰もが、その質問が出るのを待っていた。ブルースが口火を切った。

「託されたメッセージとは？」

「わたしの父の名はサンボールといいます」アプサラが話を始めた。「立派な人で、アンコール遺跡の寺院でガイドをしながら、人類が闇に陥らないように祈っていました。そして、自分の調合室でつくった薬で多くの病人を癒してきました」

マークとブルースは顔を見あわせた。それ以上説明は必要ない。サンボールは九人の〈知られざる優れ人〉のひとりだ。そして、五人目の犠牲者となったのだ。

「お父さんはどうして殺されたのですか？」マークは尋ねた。

「父の活動が当局の目障りだったからです」

「犯人をわかっている？」

「命令を実行したのは警官です。でも誰が命令を下したのかはわかりません」

アプサラの態度は気品に満ちていた。悲しみで胸が張り裂けそうでも、この逆境に臆せず立ち向かおうと威厳を保っている。

「拷問を避けるため、父は自分の魂を肉体から切り離しました。魂は太陽に向かって飛んでいきました。ですから、殺人者たちが見つけたのは魂が抜けた亡骸だけです。永遠の旅路に出発する前に、父はわたしに封をした一通の封筒を託し、安全な場所に着いたら内容を熟覧するように、そしてそれに従って行動するようにと助言してくれました。だからわたしは、ここにかくまってほしいとプリムラにお願いしたのです」

そう言うと、アプサラは感謝の気持ちを示すように手のひらを合わせて頭を下げた。

これほど優雅な女性に出会ったのは初めてだとマークは思った。もう誰も使わないような古くさい言葉さえ、プリムラが口にすると魔法の言葉に聞こえる。

「父はある信心会に属していました。会のメンバーは〈知られざる優れ人〉と呼ばれる九人で、世界中に散らばって暮らしています。会の使命は幾世紀も前から変わらず、偉大な精神の光を、人間が絶えず掻き消そうとするために小さくなってしまったその光を守りつづけることでした。九人は天より授かった金に関する秘儀、命の本質について熟知しており、それは途切れることなく継承されつづけてきたのです。九人のうちの誰かが亡くなれば、その後継者が新たな仲間となって仕事を引き継いでいくことになっています。過去の時代には、〈知られざる優れ人〉は何度も迫害の憂き目にあい、殺された人たちもいました。

それでも九人は一番大変だった時代にも、すべての試練を乗り越えてきたのです。わたしの父は、クメール・ルージュの迫害から逃れることができました。でも今回は、もっと組織的な殲滅計画なのだと思います。強大な権力を持った、おそらく国家をも操ることのできる誰かが、〈知られざる優れ人〉を全員抹殺すると決めたに違いありません。きっと〈優れ人〉たちの秘密の活動が、それがどんなに些細なものであれ、その人物の計画には邪魔だったのでしょう。ここまでがメッセージの前半部分です。念のため、手紙のこの部分は燃やしてしまいました」

ブルースは食べつづけながら話を聞いていたものの、気がつくと、マヨネーズが皿の上に山のように盛りあがっていた。

「それで、メッセージの後半には何が？」アプサラに見とれながらマークが尋ねた。

「九人の〈優れ人〉のうちひとりの、名前と住んでいる場所です。危険が迫った時には、父はまずその人に連絡することになっていたのです」

「ジョン・ヴォドワ、マスード・マンスール、チャン・ダオ、ハレド。この四人のうちの誰かですか？」

「その中にはいません」

「その人がまだ生きているのなら、僕たちが助けないと」

「わたしも心からそう願っていますが、ひとつ条件があります」

　料理をほおばっていたブルースは口の動きを止めた。

「その方の救出にはわたしもまいります」

「これはとんでもなく危ない橋なんだぞ！」ブルースが大声を出した。「そんなの無理に決まってるだろ！」

「それではわたしひとりで行くしかありません」

「殺されるぞ！」

「わたしはたったひとりの敬愛する人物を失いました。ですからもう死ぬのは怖くありません。わたしをここに受け入れてくださってありがとうございました。明日にも出ていくことにいたします」

「あわてて決めなくてもいいじゃないか」マークが割って入った。「よく考えてみよう」

「考えるまでもない」ブルースは頑固に言い張った。

39

アプサラは何も言わずに立ちあがり、お辞儀をすると寝室に下がった。

ブルース・ジュニアはチョコレートムースを口いっぱいほおばって、食べ終わるとマークの手をつかんで言った。

「犬の散歩に行こうよ」

ダンテとウェルギリウスも満腹になったとみえて、満足そうな声で鳴いている。

カラフルな毛糸のセーターを着て帽子をかぶり、長靴を履いてしっかり身支度を整えると、マークとジュニアは犬の後ろをついて家を出た。外は太陽の光が降りそそぎ、そよ風が吹いて、絶好の散歩日和になっている。

ブルースは残って自家製の食後酒を楽しんでいた。

「あなたはこっちにいらっしゃい」

プリムラの命令に異議を唱えることは許されない。妻のこの声、この眼差しは、ひょっとして……。つべこべ言っても無駄だった。ブルースは女という生き物がまったく理解できなかったので、主導権はいつも妻に渡していた。だから妻がしたい時に、妻がしたい場所で、妻がしたいようにしなければならない。
　選ばれた場所は温水プールだった。水温は一年を通して三十九度に保たれ、犬は入ってこられない。プリムラは素早く服を脱ぎ、ブルースの服も脱がせた。ブルースは目をつむった。水の音がして、温水の温かさに筋肉の緊張がほぐれていった。妻の手と唇が自由に躍動している。夫を失ってしまうかもしれないと怯えつづけたあとだけに、プリムラは、まるでアントニウスを魅了するクレオパトラのように、次から次へと快楽の魔法をかけた。ブルースは妻の望みのままにセックスの対象となり、水中の楽園を漂った。そして自分の運命を受け入れた。
　ブルースが精根尽きた時、プリムラが両手で夫の頬を挟んで言った
「わたしは家族の復讐を果たすことができなかった。でもアプサラは、父親を殺した犯人を見つけるチャンスがある。その同じ犯人を、あなたは自分の命を危険にさらしてでも捜し出そうとしているの。アプサラもそう。自分で責任を取るつもりなのよ。アプサラは同志になれるわ。お荷物じゃない。あなたは黙って、アプサラを助手として雇いなさい。そして、もう一度わたしを抱いてちょうだい。これが最後だと思って」

◇　◇　◇

雲が立ちこめて雨を降らせたかと思えば、今度は晴れ間が広がり、次には突風が吹き荒れる。散歩に出てからも天気はめまぐるしく移り変わった。湖のほとりの苔むした野原で、ウェルギリウスとダンテが身体を震わせて水しぶきを飛ばした。二頭はジュニアが投げた棒切れを追って湖に飛びこみ、はしゃぎまわっている。「天気が気に入らなくても五分待て」これはアイスランドのことわざであり、この天候によって人間性と適応能力が鍛えられた。マークは、ブルースが精気を取り戻すためにこの地球の始まりのような風景を選んだ理由が理解できた。この島は、火山、氷河、熱湯を噴きあげる間欠泉、川や滝など、自然の姿をそのまま残し、人間の手が入った場所はほんのわずかしかない。ブルースはひとつ危険な取材を終えると次に向かう前に戻ってきて、この地から、完全無欠のヘラクレスになれるほどの途方もない活力を吸いあげる。

「大事なことだよ、あの話は」ジュニアが言った。「〈知られざる優れ人〉を救わなきゃ。あの人たちがいないと世界はひどいことになるから」

マークは深刻な話しぶりに驚き、この子の精神は、一瞬のうちに時空を超えて未来へ行ったのだろうかと考えた。見えざるものと一体化する、シャーマンのような力を持っているのかもしれない。

犬と主人はぐるぐると走りまわり、犬のほうが主人にぶつからないよう気を配ってよけてやっている。そのまましばらく行ってから、ジュニアはエニシダの茂る岸辺に向かった。そこには、木造の小さな礼拝堂があった。てっぺんには白い十字架が立っている。

ジュニアがひざまずき、二頭の犬も後ろ足をそろえて座った。マークも近くに行って一緒に祈りを捧げた。決まりきった祈りの言葉は唱えない。その代わりに、無限の活力にあふれたこの果てしない天空にのぼっていきたいという欲求を感じた。それから、〈知られざる優れ人〉のことを思った。彼らは非常に得がたい人々であるはずだ。だから〈優れ人〉が絶滅したら、人類全体が痛手を被るはずではないか?

過去には恐竜が絶滅した。さらには、ファラオの時代のエジプトから北アメリカのインディアンにいたるまで、いくつもの素晴らしい文明が野蛮な者たちの攻撃によって消滅の憂き目を見た。そして今、地球を支配しているのはその野蛮な者たちなのだ。善を信じ、悪と戦う九人の夢想家の運命など、どうでもいいことなのだろう。それは善悪二元論的な、時代遅れの恥ずべき考え方だというのだろう。今、幅をきかせているのは、グレーゾーンに属する事柄ばかりだ。そこではどれほどの悪であろうと、憤りをかきたてることなく拡大を続けている。

マークは諦めたほうがいいのかもしれないと思った。〈知られざる優れ人〉の力だけでは、少なくとも生き残っている〈優れ人〉だけでは、現在の物事の流れを変えることはできまい。やり直しのできる地点はとうに過ぎてしまった。それでも、聖ジョンは父親であり、その父親が真実を望んでいたのだ。悪事を始めた誰かがいる。自分がそいつの息の根を止めなければならない。

ブルース・ジュニアと大型犬は心から散歩を楽しんでいた。嵐の前の幸せなひとときだった。妻、息子、家、飼い犬……自分はブルースのようにいろいろなものを持っていない。人生で経験したことは、勉強、旅行、ビジネス。もちろん、女性と付き合ったことはあるが、家族を持ちたいと思ったことはまったくない。実際のところ、愛しているといえる人はふたりしかいなかった。聖ジョンとブルース、ふたりのためなら喜んで死ねる。愛するということは、自分のことを顧みず、その人のために身を挺することではないか。そうすることによって、人は本来の自分の姿に戻ることができるのだ。

アプサラの出現によって、マークの心は千々に乱れた。アプサラは心を奪われるほどの美女であったが、それだけではなかった。アンコール遺跡に魔法をかけられたような、不思議な強さがあった。不幸を受け入れ、だからといってそれに負けることなく、逆境に立ち向かおうとしている。そうはいってもブルースは正しいのだろう。アプサラを地獄に引きずりこむわけにはいかない。

40

プリムラがまた食事の支度を始めたので、ブルースは野菜の皮むきを手伝った。二頭の犬はずっとキッチンにいて、ジュニアとアプサラはチェスをしている。

マークはブルースの書斎でビデオ会議の真っ最中だった。相手はヴォドワグループの各地域統括マネージャーの三名で、全員がいきり立っていた。そのうちのひとり、アメリカ人のディックはアメリカ大陸を統括しており、グループのスポークスマンでもある。一メートル九十センチの長身で、アメリカンフットボール選手のような胸と、ボクサーのような手をしている。角張った顔にたてがみのような白髪を生やし、ブルーグレーのオーダーメイドの背広を着て、怒った将軍のような声で話していた。

「常に連絡が取れなくてはならないのに、緊急連絡回線の電源を切っていたでしょう! 待ったなしに決断しなければならない場合があるのです。お父上の場合は――」

「父は非の打ちどころがなかった」マークはさえぎって言った。「僕はその足元にも及ばない。うわべだけ取り繕うのでは、父をばかにすることになる。だからきみたちには、僕の仕事のやり方、僕の優先順位を受け入れてもらう。嫌ならやめてもらおう」

ディックは唾をのみこんだ。東京のオフィスからビデオ会議に臨んでいるタカシは動じる様子を見せなかったが、マークに聖ジョンの気質を感じ取り、血は争えないものだと感心した。ロンドンのミラードは、シルクのネクタイの結び目を引っ張って締めなおした。社長の椅子はもう空席ではないのだ。

「ルールは単純だ。きみたちは重要事項について僕に報告する。だが決めるのは僕だ。無駄な議論が少ないほど仕事は効率的になる。緊急の場合でどうしても僕と連絡が取れない時は、きみたちが責任を持って決断しろ。それで失敗しても僕が責任を取る。どんな問題も隠さず報告すること。隠蔽がわかったら、それはきみたちにとって死刑判決だと思ってくれ。ところで、この会議のセキュリティ対策にもちろん抜かりはないな？」

「NSA（アメリカ国家安全保障局）でも侵入できません」ディックが請けあった。

「きみたちの言葉はそのまま信用しよう。父は嘘を絶対に許さなかった。僕はもっと厳しいと思ってくれ」

その場の雰囲気を和らげようと、ミラードがエネルギーと農産物加工に関するヨーロッパの事業について説明を始めた。マークは資料を見ると、直感に従って判断を下した。ディックとタカシに対しても同様に、簡潔に無駄なく指示を出した。三名のマネージャーは、獰猛な野獣の前に引きずり出されたような気がしていた。ライオンのように強く、チーターのように俊敏な野獣。刺激しないほうが賢明だろう。

それから一時間もしないうちに、多くの問題に結論が下され、基本方針が決まった。

会議が終了し、通信を切断すると、マークはほっと息をついた。くたくただった。巨大グループを率いる責任の何と重いことか！

その時、ジュニアが書斎に飛びこんできた。

「早く来てよ。アプサラがチェックメイトになったんだ。ぼくの勝ちだよ！」

チェス盤を見ると、本当だった。マークはアプサラと視線を交わした。本人にはそうと気づかせずにわざと勝たせてやったようだ。

ブルースが大声で呼ぶのが聞こえた。

「アペリティフだ。自家製リキュールと、チーズの包み揚げができているぞ」

キッチンではダンテとウェルギリウスがすでに食べ物にありついていた。マッシュルームと香草入りオムレツのいい匂いが鼻をくすぐる。

「そうだ、きみの暗号ノート、解読できなかったぞ」マークは白状した。

「そいつはいい！　やっぱり俺の暗証コードは〝クフ王の大ピラミッド〟だな、つまり、破壊不可能ってことよ」

「何が書いてあったんだ？」

「〈優れ人〉の周辺にいたザコや、しつこく張りついていたやつらの情報だ。ところで……」

グラスを空にしてブルースが続けた。

「よく考えてみたんだが」

「そりゃきみらしくない」

「誰にでも弱点はある」

そう言いながら、ブルースはアプサラを食い入るように見つめた。

「あんたは臆病者なのか？　それともアマゾネスなのか？」

「わたしは父を殺した者が誰かを知りたいだけです。ですからそのために行動します。父がわたしに書き残したように」

「強姦されたり拷問を受けたりするかもしれないんだぞ」

「目的のためには仕方ありません」

「いざ何かあったら、ぴいぴい泣くんじゃないだろうな」

「わたしの家族は決して泣き事を言いません。行動するのみです」

ブルースは横を向いて言った。

「臨時の助手としてあんたを雇おう。ただし条件がある。勝手な行動をとるな。ボスは俺だ」

アプサラがうなずいた。ジュニアは母親の手伝いをしている。プリムラは唇の端に笑みを浮かべて、育てているキクとランをそっとなでた。だがマークは反対の声をあげた。

「ひどい目にあうことはわかりきっているんだ。あなたは本気で――」

「本気です。死ぬことの意味を見つけた時、人は生きつづけることができるのです」

アプサラはそう言って、グラスの酒を一気に飲みほした。ブルースは安心した。自然の飲み物を口にできる娘に、根っからの悪人はいない。

「雇ってくださったからには、この件について最初からお話ししていただけますか？　使用人として状況をきちんと理解しているほうが、より力を発揮できます」

穏やかだが毅然としたその声に、マークはすっかり心を奪われた。

お姫さまのようだ……。

われながらばかばかしいと思いつつも、まるでアニメを見ている子どものように、そう思わずにはいられなかった。

ブルースはこれまでの経緯を話し、マークも説明を加えた。ひと通り話し終えるとブルースが言った。

「さあ、今度はそっちの番だ。俺たちは誰を救い出せばいい？」

「日本人です」

「名前は？」

「ヒロキ・カズオ」

「住所は？」

「日本のどこかということしかわかりません。まだ逃げずにそこにいればの話ですが。接触するにはふたつの合い言葉が必要です。ひとつは〈スフィンクス〉」

「もうひとつは？」

「それは少しお待ちいただけませんか」

「おいおい、お嬢さん」ブルースは声を荒らげた。「俺をばかにしているのか！　俺たちは契約したんだろう？」

「正確にはそうではありません。お互いにもっとよく知る必要があります。あなたが途中でわたしを置いていく可能性もありますから。でも、すべてきちんと事が進むなら、わたしのことであなたに後悔はさせません」

マークはアプサラの決意が揺るぎないものであると感じた。

「妥当な取り決めね」プリムラが言った。「さあ、食事にしましょうか。今夜出発するのだから、しっかり食べておかないと」

41

大都市東京の南西に位置する町、京都。この町は、かつて千年の間、天皇が住まう日本の首都であり、ここに都が遷《うつ》されたその昔は、〝平和で安らかな都〟を意味する平安京と呼ばれていた。その後の第二次世界大戦で、この地は幸いにもアメリカによる空襲をまぬがれた。そのため京都を訪れる観光客は、古い歴史的建造物が立ち並ぶ、いわば野外博物館のような寺社の町を味わいたくてやってくるものの、実際には日本の古都をむしばみ、景観を損なう近代化の波を目にして幻想から覚めざるを得ない。ここもよそと同様、コンクリートの建物が幅をきかせて町を醜く変質させているからだ。それでもなお、京都には神秘的な場所がいくつも残っている。十五世紀に建立された銀閣寺の近くにも、霊験あらたかな小さな寺がひっそりと立っていた。

その寺の住職がヒロキ・カズオだった。年齢は七十代だが、体格がよく、並外れた身体能力を持っているので、冷たい水の中を何時間も泳ぎ、長距離をマラソン選手並みのタイムで走ることができる。実家は数百年続く商家であり、シルクロードを通って運ばれる豪華な品々を商ってきた。カズオはその跡取り息子でありながら結婚はしていない。いつもきちんと仕立てた生成《きな》りの衣を身に着け、たぐいまれな優雅さを備え、持って生まれた魅力で人々を引きつけている。生まれ育ったこの町を出て暮らしたことは一度もなく、ここをよく知る長老とみなされていた。京都には、仏教や日本最古の伝統である神道のさまざまな宗派に属する寺社があり、ある調査によれば約二千五百の寺と、三百五十余りの神社があるという。カズオはこの町の公的な役職とはいっさいかかわりがないにもかかわらず、考古学者や学芸員、文化財を修復する職人からたびたび助言を求められた。

京都は三方を樹木の茂る丘に囲まれている。姉妹都市である〝イタリアの真珠〟フィレンツェとは、似ているところがいくつもあった。そのフィレンツェには〈知られざる優れ人〉のひとりが住んでいて、去年、日本にいる兄弟のカズオに会うために、京都を訪れていた。

秋になると、日本のメディアは日々、冬に向かって自然が変化していく様を報道する。特にモミジの紅葉の進み具合については、事細かく熱心に伝えられる。そして、秋の京都には独特の魅力があった。カズオは老木を眺め、鳥の声や虫の音《ね》に耳を澄まし、雨の中を歩き、雲を眺めながら瞑想することが好きだった。カズオはまた、ある僧侶から伝授された錬金術を実践してきたおかげで、老いと病に対抗する手段を持ち合わせていた。その僧侶こそが〈知られざる優れ人〉であり、カズオはその人物から〈優れ人〉を引き継いだのだ。襲名の際には魂の兄弟八人が集まり、一週間に及ぶ長い儀式が執り行なわれた。そして、その最中に、《第一質料》と、光につながれたこのエネルギーによって魂が宇宙に向かって開かれ、精神と肉体が健やかに保たれること、などの秘儀が伝授された。

カズオは織物で有名な西陣界隈を抜けて、水路をたどり寺に戻った。銀閣寺のそばの小さな理想郷は、庭の真ん中に隠れるように建てられ、通行人や世俗の喧騒からは距離を置いている。かつて、あのラドヤード・キップリング（『ジャングル・ブック』で知られるイギリスの小説家）が〝幸福で壮麗な〟と評した古都京都も、今や人口増加と社会の発展による弊害から逃れることはできない。

カズオの秘密の庭は三角形になっていて、一角に、黄金の葉が茂るイチョウの木が立っていた。銀杏は、脳の障害、物忘れ、眼圧上昇などにきく成分を持っている。その一角を頂点にして、残る二角を結ぶ底辺と直角に交差する地点には、供物、線香、行灯などが置かれた祭壇と、蓮華座にのった仏像が安置されて、良い霊気を呼びこむ形になっている。

カズオは子どものころから見えざるものに導かれてきたので、賢者の石を生む《大いなる作業》のためには、この世とあの世をつなぐ扉に関する知識が必要だとわかっていた。

その〝実験室〟は、住居に使っている家の玄関から入れるようになっていた。玄関の間《ま》は白壁で、竹のすだれがかかっている。壁には禅宗の掛け軸が飾られ、天と地の融和を重んじた生け花が飾られていた。

一方の襖《ふすま》の向こうは生活空間であり、反対側の襖が実験室に続いていた。中は広く、蒸留器、壺、試験管や、さまざまな色の鉱物や植物が入った広口瓶が並んでいる。この場所で何世紀にもわたり、錬金術でいうところの〝金〟がつくられ、物質の謎や生命の起源の解明が行なわれてきたのだ。

カズオは玄関で履物を脱ぎ、実験室に入って手を清めると、ひざまずき、本当の意味での先祖に、つまり進むべき道を示してくれた〈優れ人〉たちに祈りを捧げた。そして経を唱えて地中に眠る霊を鎮め、負の力を遠ざけると、心を解き放って自由な創造の世界に羽ばたかせた。カズオは仏教でいう《光明》が何かを知っており、《涅槃《ねはん》》という悟りの境地、安楽の世界に入ることもできた。だが、そうする代わりに〈優れ人〉として現世にとどまり、人間が闇や暴力や破滅に陥るのを阻止しようと誓った。それが不可能であろうがなかろうが、そんなことはどうでもよかった。大昔に信心会が発足した最初の時から、九人の使命はずっと変わっていない。

この世の森羅万象は、惑星の創造に始まり、鉱物、植物、動物が誕生するにいたるまで、目に見えない流れによって常に混じりあい、そうすることで普遍的な秩序を保っている。〈知られざる優れ人〉の日々の任務は、その流れを途切れさせないことにあるのだ。

かつてヘルメス・トリスメギストス（三重に偉大なヘルメス。エジプトのトート神・ギリシャのヘルメス神・エジプトの錬金術師が融合したという神話的人物で錬金術師の祖といわれている）は、錬金術の秘儀をエメラルド・タブレットにこう刻んだ。

《下にあるものは上にあるもののように。それは調和の奇跡をなし遂げるため》

錬金術を通じてこの奇跡をなし遂げなければ、この世の秩序は崩壊し、人類はバラバラに砕けちる。

カズオが辰砂《しんしゃ》（鉱石。硫化水銀が赤色結晶したもの）と薬草から薬をつくろうとしていたその時だった。どこかから不審な物音がした。カズオは聴力に優れ、敷地内のどんな小さな音も聞き分ける。そのため、すぐに危険を察知した。交感神経の働きが活発になり、指に緊張が走る。めったに感じたことのない不快感で、一刻の猶予も許されない。

実験室を飛びだし、客間に入って庭全体を見渡せる小窓から外をのぞいた。

男が、三人。

ひとりはイチョウの木の根元でしゃがんでいる。もうひとりは祭壇の陰に潜み、残るひとりはそろそろと家のほうに近づいてくる。男たちの腰にはダガーナイフが挿してあった。

カズオは目を閉じて深呼吸した。自分を殺しにきたということは……。信心会の全員が危険にさらされているということだ。破壊装置が動きだしたのである。

逃げる方法はひとつしかない。後ろの浴室の窓だ。ただし逃げ出せたとしても、追っ手との距離はあまりない。

自分はいつの日か、この実験室に帰ってくることができるだろうか？

十七分野の開発目標と、その具体的な行動の目安となる百六十九のターゲット。予算額は、年間四兆ドルで、それを十五年間にわたって支出する——以上が国際社会の代表である国連の高官たちが、貧困を撲滅し世界を救うために考え出した計画だ。高官のひとり、ディーター・クラウドは、この新しい計画のことを思ってほくそ笑んだ。社会の発展と環境保護を両立させる、いわゆる〝持続可能な開発〟である。誰もそれが可能であるとは信じていない。しかし重要なのは、財政支出を引き出して、それをきっちり配分することではないか？　つまり、予算の九十パーセントを、計画に尽力すると思われる国の政府や多国籍企業、実績のあるＮＧＯに配分し、貧乏人には残りの十パーセントを回せばいい。これをやるには表と裏の両方の権限が必要であって、ディーターはそのどちらにも抜きん出ていた。

42

アメリカ大統領の執務室に出入りを許されているばかりか、主だった大企業経営者らの特別顧問を務め、投資先を決定するための金融クラブで暗躍する——これらの力を駆使して途方もない策略をなし遂げたわけだから、もっと満足してもよさそうなものだが、ディーターは不機嫌な時によくするように、丸眼鏡を外し、シルバーフレームをウェットティッシュでふいた。高い地位と権力を持つ者たちにさえ恐れられる影の男。中肉中背で、髪が後退した広い額と、槍のようにとがった鼻を持ち、よく動く黒い瞳で突き刺すように人を見るが、顔の表情からは何も読み取ることができず、薄い唇もいっさい感情を漏らさない。そりかえった顎がつくる横顔は理解不能な人物という印象をますます強くした。その印象のままに、初対面の者を昇進させて一生借りを負わせるいっぽう、恩知らずな者は破滅に追いやる。

しかもディーターは、有利な立場を利用して真っ先に取り引きに介入し、あるいはビジネスを立ちあげることによって、巨額の富を築いていた。だが、自分はまったく表に出ない。架空のペーパーカンパニーを隠れみのにして、足跡を消しているのだ。そして、この男に近づきすぎる者はとんでもない災難に巻きこまれる危険があった。

本拠地はニューヨーク。ここに他人名義でビルを所有し、その中に自分のオフィスを置いている。この日ディーターは、最近見つけた掘り出し物のアイデア二件について検討することにしていた。ひとつは、雲を発生させて雨を降らせるレーザー装置の製作だ。ジュネーヴ大学の物理学者チームの実験結果を見る限り先行きは期待できそうなので、ひとまず特許と流通経路を確保しておくべきだろう。もうひとつのアイデアは、地球規模でのドル箱となってくれそうなもの――砂だ。砂の主成分であるシリカは、マイクロプロセッサー、携帯電話、クレジットカード、洗剤にいたるまで、あらゆるものに使われる。特に建築分野では莫大な量がつぎこまれ、鉄筋コンクリートには砂の全使用量の三分の二が消費される。

現代社会の〝がん〟である人口増加、それに伴う建設ラッシュと高層ビル建築のために、毎年少なくとも百五十億トンの砂が必要とされており、良質の砂は不足しはじめていた。砂漠の砂は使用に堪えないので、現在あちこちの海で砂の採取が行なわれているが、二一〇〇年ごろには海岸線の四分の三が消失すると言われている。そうなる前に、ここから最大限の利益を引き出しておくのが賢明だろう。そしてこの手の取り引きは闇で行なわれることが多い。ディーターは買収に応じる国や企業の幹部リストを、常に最新のものに更新して準備していた。この案件に自分の息のかかったチームをからませれば、うまい汁が吸える。

だが、こうした状況にあってもまだ気が晴れないのは、それとは別のもっと重要な戦いが気になっているせいだった。つまり、〈知られざる優れ人〉の殲滅に向けた戦いである。彼らの存在を知ったのはごく最近だ。頭のいかれた連中が集まるグループや新興宗教団体はこれまでも山のようにあったが、かつてこうした愚か者どもに活動を邪魔されたことは一度もなかった。ところが〈優れ人〉に関しては、まさかと思いながらも、提出された報告書を念入りに読まずにはいられなかった。その作成者がスパイ活動を行なっている女性科学者であり、物事を簡単にうのみにする夢想家ではなかったからだ。

九人の錬金術師からなる信心会が大ピラミッドの時代に結成され、現代まで活動を継続し、物質や生命の起源に関する秘儀を保持している……。この中にほんの一グラムの真実しかないとしても、それだけで十分だった。たったひと粒の砂のせいで、自分が信奉し、ひそかに《マシン》と名づけている、あの大がかりな計画に水を差されかねない。ディーターは賛同者のひとりとして、誰よりも献身的かつ積極的に取り組んできたのだ。こんなところでつまづくわけにはいかなかった。

机の上には一枚の顔写真が飾られていた。アラン・チューリング。一九一二年に生まれ、一九三六年には、『計算可能数並びに決定問題への応用』という情報処理の基本となる論文を著した。これこそが人類の歴史を根底から決定的に変えることになった。チューリングは〝コンピューターの父〟の異名を持ち、第二次世界大戦中、イギリスの対スパイ活動に従事してナチスの暗号を解読し、母国の勝利に多大な貢献をしている。そのいっぽうで、長距離走を好んだり、ガスマスクを着けてサイクリングをしたり、職場にぼろぼろの服を着ていったり、毎日母親に何時間も電話をかけたり、ひっきりなしに話しつづけたり……。ディズニー映画の『白雪姫』では、意地悪な王妃が魔女に変身する場面に魅せられて、三十回も繰り返して見たという。そして一九五〇年、人工知能の誕生を宣言するような新たな論文が発表された。彼はその中で、ディーターらが構築しようとしている未来を予言するように、次のように記している。

『コンピューターは機械ではなく、教育すべき子どもである。このコンピューターが大人になった時、今度はコンピューターが子どもになった人間を教育することになるだろう』

一九五二年、チューリングは泥棒に入られて、警察を呼ぶという致命的な間違いを犯す。捜査の過程で少年との同棲が発覚し、逮捕され、同性愛の罪で有罪判決を受けたのだ。一九五四年、彼はとんでもない方法で――公式には青酸中毒による自殺と断定された――人生にけりをつけた。遺体の横にかじりかけのリンゴが落ちていたという。口さがない連中は、アップル社のロゴマークはここから来たのだと噂している。イヴがヘビから渡されたリンゴ、そして『白雪姫』の魔女の毒リンゴは、〝ビッグ・アップル〟の愛称を持つニューヨークにたどりついて幕を閉じた。

チューリングは、自分の理論が世の中を一変させることがわかっていたのだろうか？

まあ、それはどうでもいい。数学者、技術者、実業家といった面々が彼のあとを引き継ぎ、地球を守り立てているのだから。もうすぐインターネットの新たな単位はゼタバイト、すなわち一兆ギガバイトになろうとしている。いっぽう地球人の三分の二はいまだインターネットに接続していない。それゆえ、値段の安い小さなコンピューターを製造して持たざる人々を接続させせなければならない。

そのためのステップは単純だ。人工知能研究の世界的権威者、レイ・カーツワイルが共同創設者となっているシンギュラリティ大学では、チューリングの考え方を発展させ、未来を見据えている。カーツワイルによると、二〇四五年には、コンピューターの知能は人間の知能を凌駕《りょうが》し、これまでのすべての既成事実が大きく覆《くつがえ》されるというのだ。世界政府というものができるが、「シンギュラリティ」と呼ばれる大転換点を境に、この世界政府もコンピューターやロボットにゆだねられるようになるという。すでに金融や製造業などの分野ではそれが現実のものとなっている。この進歩は避けられない。今やそれは政治の世界にも及び、権力を持つ側の人間に新しい考え方をもたらしつつある。新しくできたイギリスのトランスヒューマニスト党はその綱領として「人間の能力を最大限に高めて不死の身体をつくる」ことを掲げた。ほかにも同様の団体が、「ヒューマニティ・プラス」の掛け声のもと、出現している。

無視できないのは、ロビー活動が重要度を増していることだ。たとえば、カーツワイルが在籍するグーグル社もそれに力を注いでいる。グーグル（Google）という社名は、グーゴル（googol の書き間違えから生まれたものだという。グーゴルとは、一のあとにゼロが百個続く数（十の百乗）のことで、一九四〇年に数学者のエドワード・カスナーによって名づけられた。グーグル社は、バイオテクノロジー、データ運用、光ファイバー、ホーム・インテリジェンス・システム、自動運転車などの多岐にわたる事業を実施していたが、二〇一五年、持ち株会社のアルファベット社を設立してその傘下に入った。この会社は新しい人類に読み書きを教えるいっぽうで、さらに魅力的な餌――〝健康〟をぶらさげて、ほかの魚を釣ろうとしている。アルファベット社傘下のグーグルベンチャーズ社（現GV社）、ライフサイエンシズ社（現ヴェリリー社）、カリコ社は、あらゆる病気の治癒と、古くなった臓器を新品と交換させることを目標に奮闘している。今後は、人類に貢献しようというこうした企業が、グローバル化に取り残された各国政府を支配することになるのではないだろうか？　かつて「悪をなすな」のスローガンを掲げていたグーグル社も、アルファベット社に変わった今は「正しいことをせよ」と訴えている。

この動きが発展していけば、いつの日か、ある目的が達成されるだろう。すなわち、人間の脳をコンピューターにつなぐという目的である。人間はコンピューターの命令に従って行動し、コンピューターから良質の情報を与えてもらうというわけだ。夢物語に思えるかもしれないが、これは決してＳＦの中の話ではない。ドイツのマックス・プランク研究所やスイスのチューリッヒ工科大学では、すでに生きている人間の神経細胞と半導体を連結することに成功している。ニューロン言語の解読は急速に進歩しているので、電子義肢を用いて脳のいくつかの領域を制御できるようになるのも、そう遠い話ではない。

将来的には、統計的なパターンを基礎とし、膨大な量のデータに裏打ちされたアルゴリズムが人間に代わって決定を下し、人間の活動範囲全般を管理する。人間のほうは、永遠の命を手に入れたと信じてそれを受け入れる。「人工」と「知能」今後このふたつの言葉を切り離して使うことはなくなるだろう。それゆえに、〈知られざる優れ人〉の信心会がいかに大昔から存在するものであろうが、そんなちっぽけな会がこの大きな進歩を阻むことなどできるわけがないのだ。

ディーターの机の上で、来客を知らせる赤いランプが点灯した。

約束の時間だ。

43

ディーター・クラウドは自らシリアのパルミラに赴いたことで、〈知られざる優れ人〉が単なる伝説ではないと確信した。考古学者のハレドが、首をはねられる最後の瞬間まで尋問に口を割らなかったことも、危険の大きさを感じるに十分だった。時として、たとえばマルクスやヒトラーのように、たったひとりの人間が世界を大きく変えてしまうことがある。それが九人もいるのだとしたら……。敵を見くびってはならない。信心会のほかのメンバーも、ハレド同様、毅然として口を割らない連中だとすれば、全員を抹殺する以外に方法はないのだ。未来にこの九人の居場所はない。彼らはきたるべき未来を拒絶している上、彼らが生きていることによって、きたるべき未来がゆがめられてしまう可能性がある。そうならないためには、わが合衆国と同じ道を歩めばいい。われらは世界最強の国家、アメリカ合衆国を建国するために、アメリカインディアンを駆逐したではないか。

ガーリン・マーケットは時間どおりに現われ、雇い主であるディーターの前に直立した。背が高く髪は茶色で、オレンジのポロシャツと洗いざらしのジーンズを身に着けている。

屈託のないプレイボーイ風で、害のなさそうな若者に見えるが、正真正銘の殺し屋であり、ディーターが〝執行委員会〟と呼んでいるグループのトップを務めていた。状況に応じ、やむを得ず容赦のない手段に訴えることも多い。

ハーバード大学卒、情報科学の専門家でありながら、猛獣を追うハンターでもあり、以前はずいぶん危ない橋を渡ってきた。ディーターに雇われてからは、雇い主を十分満足させる働きをしている。必要な資金は自由に使える権限を与えられていたので、その金で厄介な作戦を遂行するために最高の人材をリクルートし、また、秘密を漏らす可能性のある者は容赦なく消した。ディーターはそこを見込んで、この男に〈スフィンクス〉の一件を任せたのだ。

ふたりは口頭で現状について話しあった。録音もメモもいっさい残さない。表向きガーリンはソフトウエア制作会社の技術部門の幹部ということになっていたので、本来の仕事の報酬はすべて現金で受け取っていた。

「聖ジョンの飛行機爆発の調査はどうなっている？」ディーターが尋ねた。

「進展していません。結論が出ないまま迷宮入りということになるでしょう」

「確かなのか？」

「確かです。イギリスの事故調査官が特別優秀であれば、ニューヨークまで来るかもしれませんが、そこで行き止まりです。すべてこちらで把握できている上、この件にかかわった爆薬の専門家が、ちょうど自動車事故で死亡してしまいましたから」

「チャン・ダオの件はどうだ？　確認できたか？」

「中国当局が死亡を公にして、感動的な追悼の言葉を発表しました。立派な考古学者でしたが、高齢で身体も弱っていたのでしょう、お気に入りの遺跡から落下して、打ちどころが悪かったようです。中国人の連絡係から感謝されました。共産党の正当性を批判しようとしていた、危険な反体制派分子について教えてくれてありがとう、と」

「マスード・マンスールのほうはどうだ？　問題ないか？」

「タリバンには、パキスタン人の工作員からたっぷりと金を払ってあります。やつらは二体の仏像とアメリカのスパイを同時に吹きとばすことができて、喜んでいますよ」

「そのパキスタン人というのは……」

「アッラーのもとに旅立ちました。逆上した押しこみ強盗に喉を掻き切られまして。犯人に関する手がかりはありません」

ガーリン・マーケットの優れた点は、信頼性が高いことにある。問題があっても隠さず話し、冷静に対処し、適切に解決できる方法を見つける。本人がうまくいったと言う時は、ミスを心配する必要はまったくない。

「カンボジアのほうは？」

「裏工作がうまくいきました。サンボールがクメール・ルージュの元メンバーで、現在も暗殺を企てているという証拠書類を送ったところ、当局はサンボールを排除する必要があると判断したようです」

「書類の差出人は？」

「公式には、別のクメール・ルージュのメンバーが、友人であるサンボールに裏切られ、復讐のためにやったことになっています。その人物は憎しみと後悔の念にさいなまれて自殺しました」

パルミラでハレドの処刑に立ち会ったこともあり、ディーターは、九人のうち五人は抹殺されたとはっきり信じることができた。

「ヒロキ・カズオという日本人はどうした？」

「作戦実行中ですが」

ガーリンの口調が少し変わった。

「何か問題でも？」

「京都の連絡係は、本業のヤクザを雇い入れました。カズオは麻薬の密売人で、ブツをごまかしていることになっています。住まいを割り出して襲撃しましたが、逃げられてしまったようです」

「まったくいまいましい」

「日本人は真面目ですから、すぐに行方を突きとめます」

「総力をあげて捜し出せ」

「あまり執着した態度を見せると、疑念を抱かれるかもしれません。連中にとってはよくある依頼のひとつです。すぐに決着がつきますから、もう少々ご辛抱ください」

ディーターとしては一刻も早く終わらせたかったが、ガーリンの意見を聞いて譲歩した。とはいえ、ここまでどれほど辛抱してきたと思っているのか。誰にも知られることなく、一年、また一年と我慢を重ねてきたのだ。〈知られざる優れ人〉を根絶やしにすること、それは最重要課題になっていた。たった九人しかいないのに、なぜこれほどの脅威を感じるのだろうか？

理由は三つあった。

ひとつめは、彼らが科学技術の無限の進歩に反対の立場を取っていることにある。過去の例をふたつだけあげれば、古代エジプトでは石油の使用を止められ、古代中国では爆薬の有効利用が妨げられた。

ふたつめは、時代遅れの精神主義を体現している点だ。一神教の宗教であれば、何の問題もない。むしろその信者は《マシン》の得意客になってくれるはずだ。だが彼らの場合は、あろうことか思想の自由を標榜し、時代の趨勢《すうせい》に従うことをよしとしていない。

三つめは、彼らが持つ、卑金属から金への変成や生命のエネルギーに関する知識だ。その知識は、《マシン》が要求する科学的な検証を経ていない。そのような知識を持つ者たちは非常に危険なのだ。

その〈優れ人〉について、ディーターの頭を悩ませている疑問がひとつあった。これまで片づけた中に、信心会のトップはいたのだろうか。聖ジョンがその役割を担っていたようにも思えるが、証拠はない。いや、単なる会計係だった公算が高い。彼らが使う〈スフィンクス〉という言葉は暗号のようにも思えるけれども、実は真の指導者が存在し、その人物こそが、〈スフィンクス〉なのではないだろうか？

ヒロキ・カズオについてはすでに居場所を突きとめ、追っ手が放たれたので、とりあえず死ぬのを待てばいい。あとは、残る三人をあぶりだす。おそらくその中に指導者がいるはずだ。

聖ジョンは、人類の未来を決定づける開発計画に対して協力を拒んだ。それこそが聖ジョンにとっての致命的なミスになった。あれほどの企業家に敵対する立場を取られては、即座に行動を起こすしかない。あらゆるスパイ工作を駆使して敵の弱点を洗いだし、自分の前にひざまずかせるのだ。聖ジョンの企業グループには、情報セキュリティシステムに軽微なミスがあった。そこから得た数千にのぼる情報を突きあわせた結果、ディーターは聖ジョンの行動に変則的な動きがあることを見抜いた。通常の行動範囲外の人物にかなり頻繁に連絡を取っていたのだ。そこで、優秀な女スパイの働きでその糸を手繰り寄せ、〈知られざる優れ人〉の信心会を――まだ全員ではないにしても――ターゲットと定めたのである。

「では、何か情報が入り次第知らせてくれ」

カズオを取り逃がしたことが気にはなったものの、もうひとつ緊急の用件があったため、ディーターはニューヨーク郊外に向かった。

目的地はロシアのトーチカのような形をした工場で、そこでは、高い技術を持つエンジニアたちが〝悪意のあるソフトウエア〟業務に従事していた。つまり、コンピューターをウイルスに感染させて大切な情報を盗むサイバー攻撃である。いかなる政府も、いかなる企業も、いかなる個人も、これを逸れることはできない。大規模なハッキングを行うためには、多額の資金と専門家集団が必要になる。ここでは主にアメリカ人とイスラエル人がその戦闘員となり、ウェブ上を一般大衆にはアクセスできない奥深くまで入りこんでチェックし、日々山のようなサイバー攻撃をかわしながら、それ以上の攻撃を仕掛けてアメリカの優位を保っていた。

ウイルスやボットネット（悪意のあるプログラムによって乗っ取られたコンピューターで構成されるネットワークのこと）は、大きな損害をもたらす恐るべき武器だ。そしてディーターのチームは素晴らしい効果をあげている。最新の調査結果に目を通しながら、ディーターは最大の敵、〈スフィンクス〉に思いを馳せた。

ブルースは東京が嫌いだった。ほかにもメキシコ、カイロなど、巨大なアリ塚のような街には辟易していた。それでも人類の大多数は、そんな場所に押しこまれて暮らすしかないのだろう。その東京に向かう自家用ジェット機の中で、ブルースはよく飲み、よく食べ、よく眠った。赤身の肉、ポテトグラタン、スイス産のチーズ……。だがこれからしばらくの間は、どうやって耐えていったらいいのか。日本食は苦手で、特に生魚は嫌悪の対象でしかない。相撲の力士を別にすれば、日本人はあまり太っておらず、糖尿病も少なそうで、何より長生きしている。それが日本食のおかげだとしても、これまでどおりの慣れ親しんだ食事がよかった。

44

マークはずっとアプサラのほうばかり見ていた。彼女は旅の疲れや時差の影響をまったく感じさせず、いつもと変わらぬ澄んだ眼差しと明るい顔色をしている。ひょっとして、時の経過による衰えを消し去ることのできる錬金術の妙薬を、父親に処方されたのではないだろうか？　しばらくして、マークは寝室にさがり、快適なベッドに横になった。すると今度はさまざまな思いが入り乱れて押し寄せてきた。これまで自分の人生にはレールが敷かれていたはずなのに、気がついてみれば嵐の真っただ中にいる。今、自分を突き動かしているのは、父の無念を晴らすという、この一念しかない。そのためには、残りの〈知られざる優れ人〉を保護して、彼らを次々と殺していった犯人を突きとめなければならないのだ。

その〈優れ人〉、ヒロキ・カズオについては、アジア統括マネージャーのタカシに今回の訪問を知らせた際、この名前の人物を捜し出せという任務を与えていた。

やがて一行は日本に到着した。空港では特別な警備のもと、簡略化された手続きを終え、いかついボディーガードたちにつき添われて、用意された防弾車に乗りこんだ。東京は貪欲に発展を続けている。威圧的なコンクリートの首都高速、高架を走る電車。密集してそびえ立つ高層ビル。そして、どこに行こうが必ずエアコンが完備されている。何百万という人々が毎日公共交通機関で移動し、駅も歩道も人の群れであふれ返えり、プールですらゆったり過ごすことができない。首都の真ん中でほっとできる場所は、約百十ヘクタールの広々とした皇居だけではないだろうか。

いつでもどこでも空間の奪いあいで、ブルースはすでに息が詰まりそうだった。

一行は、ヴォドワグループ東京支社の中枢に到着し、厳重な安全対策がなされた駐車場に入った。見た目には普通のビルだが、最新の耐震装置を備えている。日本では、世界最強のスーパーコンピューター「京《けい》」——六万八千五百五十四のマイクロプロセッサー、一秒間の演算能力は約八千兆回——によって、地震や津波の予知ができるようになると期待されていた。それでも、「京」の地位はすぐに奪われるだろう。ヴォドワ社の技術者が、性能を二十五パーセントアップさせたスーパーコンピューターを間もなく完成させる予定だからだ。これにはアメリカが協力していたが、ヨーロッパは二の足を踏んで参加をしていない。

　防弾車から降りた一行を、タカシが自ら出迎えた。五十代、背丈は普通で、立ち居振る舞いがとても上品だ。由緒正しい武士の家柄の生まれで、いくつもの武術の心得があり、腕前はかなりのものらしい。そして彼は、日本人と国際人というふたつのメンタリティーを両立させていた。

　ヴォドワ帝国の発展と繁栄のために働く時、国際人としてのタカシは冷徹で、利益をあげることを重視する。聖ジョンの信頼と、出世を狙う大勢の者たちが喉から手が出るほど欲しがっている重要ポストを維持するためには、常に結果を出しつづけなければならない。そのためには、サムライの戦う遺伝子を持っていることは好都合だった。

　日本人としてのメンタリティーは、タカシにさらなる長所をもたらした。ひとつには、瞬時におかしな方向に向かってしまう今の世の中で、長期的な展望を失わないこと。もうひとつは、大学、運動部、家族にとどまらない、確固たる共同体に対する帰属意識を持っていること。さらには、しきたりや礼儀作法など、狭い土地で生きていくために欠かすことのできない美徳を身に着けていることだった。対立しても譲歩せず、それでいて各人との調和した関係を保つ。タカシは日本の社会が激しく変化していく中でも、この規範を尊重しつつ、淡々と敵を打ちのめしてきた。

「ご旅行は快適でしたか、ヴォドワ社長？」

「ああ、素晴らしかったよ。友人のブルースだ。知っているかな？」

「お噂はうかがっております。ようこそ東京へお越しくださいました」

「こちらはアプサラ。カンボジアの人だ。僕たちに同行する」

タカシは頭を下げた。それ以上質問するような無作法な真似はしない。

「改めてお悔やみを申しあげます。私は心からお父上を尊敬しておりました。社長も、お父上をこれからもずっと誇りに思われることでしょう」

ブルースは日本風の大げさなお辞儀に少々困惑していた。アプサラはいつもと変わらない様子でいる。

四人はタカシ専用のエレベーターに乗ってビルの最上階へ向かった。外部からの侵入を防ぐため、警備員が配置され、顔や指紋による認証システムといった安全対策が敷かれている。マネージャーの一番近くを取り囲んで警備するのは、タカシに絶対的な忠誠を誓う一派のメンバーだった。

広々としたオフィスからは、眼下に首都が一望できた。この部屋は、どれほど高度な技術をもってしても盗聴することはできない。中にはシンプルな金属製の調度品がひとつとバーカウンターがあるだけで、書類は何もなかった。

「お飲み物はいかがですか?」タカシが三人に声をかけた。

「バーボンをストレートで」ブルースが答えた。

マークは同じもの、アプサラは炭酸水、タカシはリンゴジュースを選んだ。

「もうパソコンは必要ありません」タカシが自分の手首を見せた。「わが社で製造したこの製品のおかげで、すべての部署と常に連絡が取れますから、身に着けていればいつでも指示が出せます」

「それじゃ遊んでられないじゃないか」ブルースが指摘した。

「本当に緊急の場合にしか連絡はありません」

タカシは表情を変えることなく即答し、端末をさっと操作すると、マークのほうを向いて困ったような顔をした。

「ヴォドワ社長……。微妙な問題についてお話ししなければなりません。私にお申しつけになった件ですが、おふたりの前でお話ししても……」

「もちろんだ。だからきみに紹介したんだ」

「わかりました。大変失礼いたしました」

「ヒロキ・カズオが見つかったのか？」

「出すぎたことかもしれませんが、なぜその人物をお捜しなのか、うかがってもよろしいでしょうか？」

「確かに出すぎたことだ」

　ブルースは二杯めのバーボンを自分で注ぎ、フィッシュ・チップスをつまんでいた。タカシは三人に椅子を勧めると、デスクに備えつけの肘掛け椅子には座らずに、自分も彼らのそばに行き腰かけた。

　マークについて、タカシが最後まで持っていた懸念は消え去った。ビデオ会議で感じたとおり、息子は父親と同じ器量を持っている。プレイボーイ風の外見のせいで、焼き入れをした鋼鉄のような堅固な骨組みが見えなくなっているだけだ。

「それで、彼は見つかったのか？」

「見つかったといえなくもないのですが」

45

こういう返事の仕方にブルースはすぐにいらいらしてしまう。そうでなくてもタカシの言動が癪《しゃく》に障ってしかたがなかった。

タカシは急いで説明を始めた。

「この名前だけで捜し出すのは簡単ではありませんでした。対象になる人物は一定数見つかりましたが、何を基準に選別するべきか……。この中に、必ずやお探しの人物がいるはずです。どのように特定したらよろしいですか？」

「そのためにわたしがまいりました」

アプサラが口を開いた。あまりに優雅な物腰なので、タカシが少々動揺している。

「捜しているカズオは七十代で、京都に住んでいます」

横で聞いていたブルースは心の中でつぶやいた。

お嬢ちゃん、やる気満々だな。アクセル踏みっぱなしだぜ。

タカシはスマートウォッチを操作した。すぐに返事が来た。

「該当者が三人いますね。葬儀業者、青果店主、残るひとりは僧侶でありながら地元の考古学者のような人物で、古代遺跡に通じているようです」

「三人めの方です」アプサラが断言した。

「この件は私が至急対応いたします。皆さまは長旅のあとでお疲れでしょうから、どうぞご休憩ください。虎ノ門ヒルズのワンフロアを貸しきっております。もちろん、セキュリティに抜かりはございません。確かな情報が入り次第ご連絡いたします」

「タカシ」マークが言った。「最新の収支報告と現行の投資状況を説明してくれ。時間を無駄にしたくない」

「それについてはご満足いただけるでしょう。その前に、ひとつ質問させていただきたいのです。どうしても気になって仕方がないことがありまして。お父上が殺された件の調査は進んでいるのですか？」

「大丈夫だ。絶対に犯人は逃がさない」

◇　◇　◇

ホテルに到着してスイートルームをひと目見るなり、ブルースは声を張りあげた。

「なんだよ！　おまえの下僕ときたら酒の飲める楽しい場所に連れていってくれなかった

じゃないか。どうなっているんだ、ちくしょうめ！」

虎ノ門ヒルズは都心にある二百四十七メートルの高層ビルで、四十七階から五十二階までのフロアが「アンダーズ東京」というホテルになっている。客室からは大都会の景色を見渡すことができた。プール、フィットネス、スパなどの施設が準備され、ストレスのたまったビジネスマンはここで疲れを癒す。モダンな中にも伝統的な和の趣が取り入れられていて、年代物の陶器や和紙を用いた障子風の間仕切り、北海道のクルミ材を使った調度品で飾られていた。

広い客室、それから現地の携帯電話などの相応の情報機器を使用する得意客には、シャンパンと寿司が待っている。

ブルースは、備えつけのミニバーにきちんと酒類が用意されているか確かめると、布団スタイルのベッドの上にリュックサックを放り投げて言った。

「ほかの階をぶらぶらして、従業員とおしゃべりでもしてくるさ。片言の外国語で話しても、何かしら得るものはあるだろうよ」

アプサラはすでに、アメニティグッズでいっぱいのバスルームにこもっていた。

ひとりになったマークはほかにすることもなく、アジア部門の業績に関する書類に取りかかるしかなかった。封筒の封印を破り、暗号化された文書を読みこんでいく。機密扱いの情報については、タカシが鉛筆書きのメモをつくっていた。短期的、中期的、長期的な決断を次々と下していかなければならない。マークはヴォドワグループという組織を統率するために、がむしゃらになって働けることが嬉しかった。聖ジョンからもらった助言のひとつひとつが、今の自分の指針となっている。この複雑な任務に取り組んでいる時は、いらだつ気持ちを抑えられる気がした。

◇　◇　◇

人混み、車の列、派手な服装のいかれた連中、新手の芸者かと見紛うばかりに目を引くミニスカートの女性たち、狭い個室で素早くセックスをすませるためのラブホテル、商売繁盛の縁起物――片方の前足を上げた招き猫がよくショーウインドーに飾られている――に守られたおびただしい数の店舗、二十四時間営業の店。この街にあるのは、決して歩みを止めることのない、あわただしい日常だった。ヒロキ・カズオはこの雑踏に紛れながらも、危険が迫っていることを自覚していた。自分を殺しに来た男たちはプロだ。必ず目的を果たすだろうし、そうしなければ彼ら自身が始末される。

その長い歴史の中で〈知られざる優れ人〉が追い詰められたり迫害されたりしたのは、

これが初めてではない。信心会をそのままの形で守り抜き、秘儀を継承していく任務を果たす中で、ありとあらゆる攻撃にさらされてきた。しかし、時代は完全に変わってしまった。フランス革命の栄光を覆い隠した恐怖政治、それに続く共産主義、ナチズム、イスラム原理主義など、破壊勢力は世界中に広まり、巨大化しているのだ。さらには、コンピューターがこうした勢力の恐るべき武器となっている。

九人が最後に集まった時、聖ジョンは指導者の前で危惧していることを話した。確固たる証拠はなかったが、大がかりな攻撃が始まることを察知して、全員に、感覚を研ぎ澄ませて襲ってくる者を見分けるようにと注意を促したのだ。

カズオも、通常とは異なる不安感をより頻繁に覚えるようになっていた。黒い雲がどんどん大きくなり、ついには青空の頂にまで到達するような感覚だ。だが、いったい誰がそんなことを？

京都暮らしなので、カズオは東京がまったくわからなかった。それでも、かくまってもらえそうな場所に一カ所だけつてがあった。元力士の患者を錬金術による薬で治療した時に、彼が自分の経営する魚料理の店を自慢していたことを思い出したのだ。確か店の名前は、細い木を組みつけていく伝統工芸技術から、組子《くみこ》にしたのだと言っていた。

今のカズオは、大震災で津波の被害にあった被災者に似ていた。悲嘆に暮れることなく、ほほ笑みをたたえながら廃墟になった自分の家を見つめている。常に自然災害の脅威にさらされている国で生きていくには、諦めることも必要なのかもしれない。どんなに過酷な試練を前にしても品位を失うことなく。

死を恐れてはいない。けれども〈知られざる優れ人〉の消滅は恐ろしく、それを考えるとカズオはなかなか平常心ではいられなかった。そんな破滅的な事態が起こってしまったら、人類はもう立ち直ることができないかもしれない。そのあとはまったく別の種が、人間にそっくりなので騙されそうになるけれども、実はまったく異なる生き物が、最悪の独裁政治を行なうのである。

カズオは東京まで小型トラックでやってきた。野菜や果物の運送をしている老人を手伝う条件で乗せてもらったのだ。その老人に大きな駅の近くで降ろしてもらい、カズオは交番で道を尋ねた。警官はすぐに組子の住所を調べて教えてくれた。それから二時間近く、人混みの中を歩きつづけている。これが最も確実な移動手段だった。

目的の場所には立派な建物があった。カズオは中に入って店員にあいさつすると、店主を呼んでほしいと頼んだ。店主はすぐに現われ、自分を治療してくれた恩人の姿を見て、何度も感謝の言葉を繰り返した。

「よく来てくださった。あなたがいなければ私は死んでいるところでした」

「実は私の身に大変なことが起こりまして。少しの間こちらに置いていただけないでしょうか。できるだけ短い期間でとは思っているのですが」

「店の上に小さなワンルームがあります。どうぞそこをお使いください」

「ありがとう。それで、身体のほうはいかがですか？」

「ほとんど奇跡ですよ！　医者も驚いています。あの、できればもう一度治療をお願いできませんか？」

カズオは快く了承した。

「助かりました。さあさあ、こちらへどうぞ。部屋へご案内します」

46

夜八時、ブルースが部屋に戻ったちょうどその時、マークのスマートウォッチに緊急連絡が入った。暗号を確認すると確かにタカシからで、《そちらへ行きます》とだけ書かれている。

「喉が渇いて死にそうだぜ」そう言ってブルースはバーカウンターに向かった。「おまえもウイスキー飲むだろ？」

「タカシが新しい動きをつかんだらしい」

「そりゃいい。これでまたお仕事再開ってわけか！」

「そっちは何か見つかったのか？」

「ああ。おまえのタカシはこの辺じゃ有名人だな！　逆らうことのできないドンってところだ。尊敬されていて、みんな言うことを聞く。やつの言葉はそらで言えるくらいだ。おまえ、やつに背後から襲われるんじゃないかと心配にならないのか？」

「何でもありえるだろうね」マークは認めた。

「喉も渇いたが、腹も減って死にそうなんだよ。おい、すごいニュースがあるぞ。ここのシェフはオーストリア人で刺身ばっかりつくってるわけじゃないんだ！　だからハムやソーセージの盛り合わせと、オマールエビとチキンを頼んでおいたぞ。とっておきのブルゴーニュワインもつけてくれるとさ。ところで、お嬢ちゃんは風呂からあがったのか？」

「さあ、忙しかったからわからない」

「そりゃ残念だ……。彼女、セクシーだろ？」

「かもな」

「おまえ、まだインド人に未練があるのか！」

「ないに決まっているだろ。仕事をしていたんだよ」

「ヴォドワ帝国はうまくいっているのか？」

「タカシが聖ジョンの方針に従ってやっている」

「これからはおまえの方針に従ってやるんだ。頭で考えすぎるな。直感に従え。野獣はそうやって生きのびる」

食事が運ばれる時間に合わせ、タカシが部屋にやってきた。

アプサラも姿を見せた。用意されたワードローブの中から選んだ赤いロングドレスを着て、繊細な目鼻立ちを引き立てる化粧が施されているので、まるで女神のように見える。マークの視線は催眠術にかけられたようにアプサラに吸いよせられ、タカシは目をそらした。ブルースも、いかしてるじゃないかとひそかに認めた。

「さあてと、いただくとするか」

ブルースはそう言って腰かけ、アプサラもにっこり笑って席に着いた。

「よくやった、タカシ」マークが言った。「いい仕事をしている。ただしヴェトナムが弱い。この地域を忘れないでくれ。それからシンガポールにも注意が必要だ」

タカシは頭を下げると、マークの向かいに座った。ボスが明晰であることは、安心でもあり不安でもあった。帝国は安泰だろうが、自分のポストを維持することはますます困難になるかもしれない。

「あんたも一杯どうだい？　気持ちが楽になるぜ」ブルースがタカシに酒を勧めた。

ミネラルウォーターと刺身を愛好するタカシは、出されたメニューもあまり食欲をそそるものではなかったので、丁重に断わってから話を始めた。

「私はかねてより、警察の幹部のひとりと非常に親しい関係にあります。かなり優秀な人物であり、わが社が納品した安全対策機材を、価格面も含め、高く評価しています。彼はこれまでに何度も有用な情報を提供してくれて、そのおかげでヴォドワグループの利益につながるアプローチが容易になりました。ただ、今まで一度として、こういった微妙な案件について依頼したことはありませんでした。このような……犯罪にかかわる案件については」

「ヒロキ・カズオは死んだのか?」ブルースが不安になって尋ねた。

「死んでいないと思いますが、逃走中のようです。京都の自宅と実験室が徹底的に荒らされていました。それから、小型トラックに乗るところを目撃されています。運転手はいつも野菜を東京に運んでいるようです。ヒロキ・カズオという人物は、これまで法律違反ひとつしたことがないのに、いきなりプロの殺し屋に追われています。友人はそのことに大変驚いていました。ただの強盗ならこんなやり方はしないはずだと」

「あんたは、東京にいれば追っ手から逃れられると思うか?」

「宿泊する場所と食べるものが必要です。友人は人員を大勢配置して、ホテルからレストランにいたるまで情報を収集しています。カズオの近所の住民に協力を依頼し、そっくりのモンタージュ写真もつくりました。警察には独自の情報提供者もいるので、遅からず足取りはつかめるでしょう。ただ、残念ながらカズオを追っているのは警察だけではありません。カズオを消したがっている一味にも、追跡の手段はあるはずですから」

「そいつらの素性に心当たりは?」ブルースは質問を続けた。

「おそらくどこかの暴力団が仕事を請け負ったのでしょう。あれはひとつつぶしたところで、またすぐに別の組織ができてしまいます。命令を出しているおおもとにたどりつくのは不可能ですね。利害関係が複雑すぎますから。私は友人に、新しい社長はこの件が迅速かつ内密に解決することを強く望んでいると明かしました」

「費用はこちらが引き受けよう」マークが請けあった。

タカシは立ちあがって頭を下げた。

「私と友人とは、率直で変わることのない間柄です。ですから、調査は迅速に進むものと思ってご安心ください」

それだけ言って、タカシは立ち去った。ブルースはオマールエビに手をつけ、マークのグラスにワインを注いだ。アプサラはゆっくり食べ、ゆっくり飲んでいる。ブルースが口を開いた。

「ここは島国で、ほかのどこでも使われていない言語を使って、つまらんしきたりが山のようにある。本当のことを言っているのかごまかされているのかも、よくわからんときている。しかも、大事なことは全部警察任せで、俺たちのほうはこのむさくるしい部屋に足止めだ！　そりゃ危ない目にあうかもしれないが、俺だって動かないと食べたものも消化できない。よし、今夜は酒場をはしごして楽しんでやる。捜しているやつにばったり会わないとも限らないしな」

マークはタカシからカズオのモンタージュ写真を渡されていた。まるで本物の写真のようであり、厳かで重々しい、毅然とした顔をしている。彼もまた聖ジョンを知り、秘密を分かちあっていた〈優れ人〉なのだ。どうしてもこの人物と会って話をしなければならない。マークはそう思う気持ちを抑えられなかった。

「わたしはプールに行ってきます」アプサラが言った。

ブルースはチキンのレモン煮をたいらげると、リュックサックを肩にかけてマークに告げた。

「おまえはここで連絡係だ。端末はつながっているから、何かわかったら呼び出してくれ。俺もそうするよ」

ブルースに、慎重にやれと言うのは無駄なことだった。日本語が話せなくても、ヤクザのボスに口を割らせてしまうような性格なのだから。

47

組子の店主が、海草や野菜を中心に据えた夕食を部屋まで運んでくれた。食事のあと、カズオは店主のうなじに手を当てた。こうすると、辛い痛みを和らげることができる。最後に薬草を用いた治療を行なった。肝臓の働きが悪くなっていること、消化管が過敏になっていることが原因だった。

寝る前に、カズオはフィレンツェの兄弟に宛てて短い手紙を書いた。明日の朝一番に投函するつもりだった。ほかの通信手段では傍受される恐れがある。もちろん、この手紙も奪われるかもしれない。だが、兄弟がまだ生きているならば、至上命令である《指導者を救え》というメッセージをどうしても伝えなければならなかった。殺された〈優れ人〉の後任を決定し、伝統を永遠に守っていくことができるのは、指導者ただひとりなのだ。

ふと見ると、テレビの横に雑誌が山積みになっていた。そのうちの経済誌の表紙がカズオの目を引いた。聖ジョンだ。中をめくると、彼の経歴と、巨大企業グループの規模とその下部組織について、また公式には事故とされている痛ましい行方不明事件について、そして後継者のマークがいかに大変な責務を背負うことになるかについて、長い記事が掲載されていた。

一刻も早くここを出る必要があった。追っ手は自分を見つけるためにあらゆる手段を講じるだろう。逃げきれる可能性はまったくない。

ないはずだが、ひょっとすると……。

◇　◇　◇

組子の店主は涙を流した。力士のころに叩きこまれた厳しい戒めがなかったら、怒り狂ってそこらじゅうを拳で殴りつけ、家を壊していたかもしれない。彼は自分の病を癒してくれたカズオを崇拝していた。その声を聞くだけで力が湧いた。英知と善良という言葉は、この年老いた治療師のためにあるのだと思っていた。

それなのに、恩人を警察に引きわたさなければならないとは。先ほど自治会長から、できるだけ早く捕まえなければいけない人物として、カズオのモンタージュ写真を見せられたのだ。自治会長は、この地域の情報提供者の取りまとめをしていた。

選択の余地はなかった。共犯で捕まれば、投獄されて身の破滅だ。

最後の恩返しとして、店主は明日の夜明けまで恩人をそっと眠らせておくことにした。

朝になったら、容疑者が店の上にいることを自治会長に知らせるしかない。

◇　◇　◇

最近組子に雇われた三人目の見習い料理人は野心家で、給料が安くてこき使われるばかりの仕事に嫌気が差していた。金を稼いだら大型バイクを買って、高級クラブで派手に女遊びがしたかったのに、これではいつまでたっても夢がかなえられそうにない。

ところがここでチャンスが巡ってきた。このあたりを仕切る暴力団の頭《かしら》の目にとまり、力を試さないかと勧誘されたのだ。見習い料理人は少しだけ考えて、仲間に入ることにした。ちょうどその時、老人が現われて、店主のところでかくまわれるようになった。

どう見ても逃走中の悪党だ。この男を例の暴力団に売ってみようか？　初手柄をあげればかなりの褒美が出るはずだ。それに、案外大物の臭いがする。

老人を尾行して頭に報告しよう。そう決めると、見習い料理人は明日を心待ちにした。

◇　◇　◇

アプサラがプールから戻った時、マークの心はどんよりと沈んでいた。自分はすべて掌握できている。そう言い聞かせてみたところで、実際は、宇宙で迷子になって、もうすぐ酸素が切れてしまう宇宙飛行士のように思えて仕方がなかったのだ。

「楽しかった?」マークはほかに言葉が見つけられず、ばかみたいだと感じながら尋ねた。

「髭を剃ったらいかが?」

「髭……。でも、どうして?」

「わたしが湯船に浸かり、あなたがわたしの背中をマッサージするからです。あなたの顎がわたしの首に当たった時に、ざらざらするのは嫌です。わたしの肌は敏感なので」

「きみが風呂に入るのはわかった。でも――」

「日本では、入浴は一種の儀式です。ただ身体を洗うだけでなく、四十五度の清らかな湯の中で、静謐《せいひつ》を味わうことなのです。わたしの部屋の桧《ひのき》の浴槽は、この風習を尊重して味わうためのものですよ。では、お待ちしていますね」

マークは動揺しながらも、髭を剃りジャスミンの香りがするローションをつけた。

それから、バスルームの入り口で立ちつくした。

「あの……入ってもいいかな?」

「待ちくたびれてしまいました。いつもそんなに遅いのだとしたら、あなたの会社は傾いてしまいますよ」

浴槽に近づくと、泡のない湯の中にアプサラの美しい身体が見えた。

「日本では、裸はタブーではありません。家族で入浴することも珍しいことではないようです。服を脱いだらいかが?」

マークは言われるまま服を脱ぎ、正面にそっと滑りこんだ。湯の熱さはまったく感じない。アプサラが目の前でゆったりとほほ笑んでいた。

「聞いて」

アプサラの口調が変わった。

「父が死んだ時、わたしも死んだわ。でも、今はもう一度生きたいと思っているの。だけど、どんな人生でもいいわけじゃない。マーク、あなたと一緒に新しい命を生きていきたいの。わたしたち、初めて会った瞬間に惹かれあっていたんじゃないかしら?」

ふたりは互いの目を見つめた。アプサラがマークを抱きしめ、ふたりの胸が触れあった。

「アプサラ……」

「あなたはわたしの初めての、そして最後の恋人よ。わたしを裏切ったら殺すから。わたしたちの父親の名にかけて」

店主が自治会長に報告するやいなや、警察が組子にやってきた。ところが、老人が寝ていたワンルームはもぬけのからで、部屋を捜索したものの、行き先に関する手がかりは何も見つからなかった。

抗議したにもかかわらず、店主は従業員もろとも手荒に連行され、これから厳しい尋問を受けなければならない。ひとりだけ、見習い料理人の姿がなかった。今日は仕事に来ていなかったのだ。

48

◇　◇　◇

フィレンツェの兄弟に宛てた手紙を投函すると、カズオは渋谷駅の出口に立つ忠犬ハチ公の銅像をなでにいった。ハチ公は日本で一番有名な犬であり、大学教授であった飼い主が死去したのちも、七年間にわたって毎日、この場所に主人を迎えにきて待っていたという。だから、このけなげな犬の像に触れたら、幸運を呼びこめるような気がした。

いっぽう、今朝からずっとあとをつけていた見習い料理人は、老人がパチンコ店に入っていくのを見て驚いた。日本には広いホールのようなパチンコ店がたくさんあって、店内には金を払って遊ぶパチンコ台がずらりと並んでいる。やり方はどれもほぼ同じでデパートのゲーム機と大差ない。

客のほうはいろいろだ。老若男女、さまざまな社会階層の人間が来る。パチンコで当たっても儲けはたいしたことはない。それどころか個人的かつ集団的依存症になるリスクのほうが高い。

見習い料理人はがっかりした。老人はただのギャンブル中毒だった。おおかた、借金が膨れあがって、取り立てから逃げているのだろう。

ところが老人はパチンコ台の前に座らず、警備員のところへ行って何やら話をしている。どうやら携帯電話を借りようとしていたらしく、通話が終わると警備員に礼を言って店を出た。そのあとは長い距離を歩き、浅草の浅草寺《せんそうじ》に行った。このあたりはいつも賑やかで、大勢の参拝者や観光客、曲芸師に占い師に娼婦など、さまざまな人々が集まってくる。

寺の境内にはおみくじを結ぶ横格子の台があって、そこには運勢が書かれた紙がびっしりと結ばれていた。しかし老人はおみくじを買わずに、似たような大きさの紙切れを取り出すと、ほかの紙の間に紛れこませるようにして結びつけた。

あの男の行動はおかしい。陰から見ていた見習い料理人はそう思った。それでも、自分の役には立ってくれるだろう。暴力団の関心を引き、手柄を立てて自分の忠誠を印象づけられることを期待して、見習い料理人は新しい雇い主に電話をかけた。

◇　◇　◇

ブルースは明け方ホテルに戻り、まずシャワーに駆けこんだ。三十分も熱い湯を浴びつづけていれば、しゃきっとして疲れも取れるだろう。日本酒は飲まなかったが、日本産のウイスキーはうまかった。驚くほど質が高く、あれなら西欧産に引けを取らない。

高級店から小汚い店まで、酒場をゆうに二十軒は回っても、ヒロキ・カズオの手がかりはつかめなかった。いろいろ聞きだそうとしたせいか、警察の関係者だと勘違いしたチンピラどもが声を荒らげた時には、ブルースも相手をしなければならなかった。ちょっとしたいざこざも、時々であれば気が若返って楽しめる。

あちこち駆けずりまわったせいで腹が減っていた。ご飯、みそ汁、魚の干物に緑茶という日本の伝統的な朝食は避けて、コーヒー、ソーセージ、ベーコンエッグ、チーズを注文した。

今朝の東京は靄がかかり、どんよりした一日になりそうだった。もう書類を見ているころだと思ってマークの部屋に行ってみると、そこには誰もいなかった。

「なるほど、そういうわけか！　よし、起こしてやろう。バカンスに来たわけじゃないんだからな」

ブルースはアプサラの部屋にずかずかと入ると、寝室のドアを開けた。マークとアプサラが一糸まとわぬ姿で抱きあって眠っている。

「ペンギンはピイピイ、コウモリはキイキイ、イノシシはウーウー、恋人たちはうっふん。さあ、起きた起きた、熱いコーヒーが入ったぞ！」

ブルースが手を叩くと、恋人たちはびっくりして飛び起きた。

「若者たちよ、さあ、行動開始だ」

だがふたりは、目の前にいる相手が夢ではないかというように、じっと互いを見つめた。それから、離れがたくて仕方がないといった様子で、熱烈な口づけを交わした。

アプサラが立ちあがるのを見てブルースが言った。

「おいおい、確かにブルースは奥さんにぞっこんの誠実な夫だけどな、それにしてもバスローブくらいははおってくれや」

生まれたての恋人たちも空腹だった。三人で朝食をとりながら、ブルースは昨夜のことをふたりに話した。残念ながら成果はなかったが、こういう仕事は粘り強くやらなければならない。

その時、部屋の電話が鳴って、ブルースが受話器を取った。

「ああ、いいよ……部屋に入れてやってくれ」

「タカシかい？」マークが尋ねた。

「そう、ここに来るとさ」

タカシは入ってくるなり神経の高ぶりを隠しきれない様子でまくしたてた。

「警察にヒロキ・カズオから電話がありました。『マークと会って父親のことを話したい』と言っているそうです」

「確かなのか？」

「何ともいえません」

「居場所を明らかにしたのか？」

「午前中に浅草寺で待つとのことです」

「罠かもしれないぞ！　ぷんぷん臭うぜ」ブルースが断言した。

「カズオは自分に死の危険が迫っていることを知っている。窮地を脱するために僕を頼りにしているんだ。行こう！」

「私服の機動部隊が同行いたします。くれぐれも危ない真似をされないように」

ブルースがアプサラに向かって命令するように言った。

「お嬢ちゃん、あんたはここで待っていろ」

「いいえ、わたしもまいります。まずわたしがカズオに会って、安心させてあげたほうがいいでしょう。合い言葉を伝えてからマークのところへ連れていきます。五分待って。支度をしてきます」

「それはいい考えですね」主人を守ることしか頭にないタカシが同意した。

「あのお嬢ちゃんときたら、えらく威勢のいいことだ」ブルースも認めないわけにはいかなかった。「よし、行くぞ」

49

ヒロキ・カズオは、自分の長く楽しかった生涯に思いを致していた。周りを囲む大勢の観光客は目に入らず、わが身のこの上ない幸運に満足していた。九人のうちのひとりであったこと。素晴らしい人たちと交わり、〈知られざる優れ人〉の秘儀を授かり、実践し、錬金術とともに生きてきたこと。微力ながらも、人類の融和を保つために闘ってきたこと。これ以上何を望むことがあろうか。しかしながら、ひとつだけ心に影を落とすことがあった――とてもおぞましい影が。信心会を破滅に追いやって秘儀の継承を阻もうとしているのはいったい誰なのだろう？　生き延びた者たちは、敵から逃れ、戦うことができるのだろうか？

警察が自分の電話を真剣に受けとめてマーク・ヴォドワに連絡を取ってくれれば、きっとマークは迅速に動いてくれるだろう。十分な財力と手段を持っていて、まだこれから起こるかもしれない悲劇を止められるのは、マークしかいない。

いずれ自分の運命は決まる。あれこれ心を煩わせても、悪い気を生み出すだけだ。そう思い定め、カズオは再び瞑想に入った。

◇　◇　◇

浅草寺のいたるところに、観光客に紛れこむようにして私服警官が配置された。そして彼らを束ねる指揮官が目撃情報や緊急指令をまとめ、警官は無線を通じてその指示に従う手はずになっている。指揮官は、正面入り口から百メートルほどの場所で、マーク、アプサラ、タカシとともに待機した。ブルースはじっとしていられず、マイクをつけて、カズオを見つけるという最優先任務に着手した。もちろんこれが悪い冗談や、最悪の場合、罠でなければの話だ。まだ北京でのごたごたは忘れていない上、今日もまったくいい予感はしなかった。マークは待機している場所からあたりをじっと観察した。面白い見世物をやっているらしく、人だかりがしている場所があった。日本には国じゅうを回って修行を行う山伏《やまぶし》という仏教の僧侶がいる。その山伏が何人か、法螺貝《ほらがい》を吹いて儀式の始まりを告げているのだ。

白の上に真紅の法衣を重ねた僧侶たちが熾《おき》を並べ、何人かが裸足になった。

「火のついた木炭の上を火傷することなく歩きます」マークの耳元でタカシがささやいた。

「そうやって、煩悩からの解脱を証明するのです」

マークもまた火の上にいるようなものだった。だが自分はまだ、まったく悩みや迷いから解き放たれていない。

「見つけたぞ」無線からブルースの声がした。「紙切れをいっぱい結びつけてある台の右側に座っている」

「おみくじを結ぶ台です」タカシが補足した。

指揮官が、本人に気づかれないよう近づけと部下に命じた。

「わたしの出番ですね」

アプサラがマイクで指示するブルースの声に従って動きだした。

人々の目は、並べた熾の上を裸足で歩き出した最初の修行僧に注がれている。

人混みを掻きわけ、ぶつからないよう、アプサラは声をかけたりほほ笑みかけたりしながら前に進んだ。いつまでたってもたどりつけないと感じていた矢先、ついにその人を見つけた。〈優れ人〉は瞑想していた。

老人のたくましい身体が、まるで普通の人間ではないかのように、不思議な光を放っている。アプサラはこれまで日常的にアンコール遺跡の寺院を訪れ、その神々を身近に見てきた。この老人の姿にも、彫刻の神々を仰ぎ見る時と同様の深い感銘を受けた。

カズオの内なる祈りをさえぎりたくなくて、声をかけるのをためらった。すぐそばでは修行僧が、熾の上を無表情で、足の裏が焼けている様子もなく歩いている。

「お邪魔して申し訳ありません」アプサラは思いきって声をかけた。「マーク・ヴォドワの使いの者です。アプサラといいます」

カズオは目を開き、尋ねた。

「私たちをずっと見ているのは？」

「〈スフィンクス〉です」

「闇をくぐり抜けたのは？」

「サンボール。あなたの兄弟であり、わたしの父です。殺されてしまいましたが」

アプサラは静かに答えた。それを聞き、カズオは心の中でさまざまな感情がせめぎあった。希望の使者に出会えた喜びと、一番大切な友がもういないのだと明らかになった寂しさ。

「マークもここに来ています。あなたと一刻も早く話がしたくて」

カズオは立ちあがった。その瞬間、僧侶がふたり、人混みの中から飛びだした。見物客を突きとばし、カズオがいる場所に向かってくる。最初の男がアプサラを突きとばし、カズオの胸のど真ん中に刃物を突き刺した。続く男は、カズオの頭めがけて勢いよくハンマーを振りおろした。

一番近くにいた私服警官が呆然としながらも拳銃を構えた。だが、この人混みでは危険すぎて、撃つことができない。

犯人ふたりは境内を走って逃げた。その間も火渡りは続き、見物客が驚きの眼差しで見守る中、次の修行僧が熾の上を歩きはじめている。

殺人が行われたのはほんの数秒のことだった。私服警官の応援要請で、数人が現場に駆けつけ、ほかは犯人を追った。

ブルースはショックを受けているアプサラを助けおこした。

「怪我はないか？」

「ええ……でも、あの人は……」

「もうだめだな」

すぐそばでは相変わらず火渡りが続いている。悲鳴があがらなかったため、人々は何も気がつかなかったらしい。マークも現場に到着するや、アプサラを抱きしめた。十人あまりの警官が、張り詰めた空気の中、遺体を取り囲んだ。指揮官に呼び出された医師が死亡を確認し、鑑識が犯行現場の保存を始めた。

「残念ですが、私たちはここから離れたほうがいいでしょう」タカシが言った。

「ちょっと待ってください」アプサラが反論した。「あの人はたまたまここに来たわけではないと思います。わたしたちにメッセージを残したかもしれません」

　マークが台いっぱいに結びつけられているおみくじをじっと見つめた。ブルースがそれをひとつ取って広げ、タカシに手渡した。

「何て書いてあるんだ？」

「占いです。でも、同じようなおみくじが何百とあるんですよ！」

「全部調べてみようじゃないか」

　ブルースは運がよかった。順々に開いていったわずか六十番目に、おみくじではない紙に当たったのだ。そこに書かれていたのは故人の願いだった――《〈スフィンクス〉を救え》

「はん、これでずいぶんと進展したな」

　ブルースは不満げな顔でそう言った。

スフィンクスの秘儀　上

SPHINX

2018年2月8日　初版第一刷発行

著者　クリスチャン・ジャック
監訳　伊藤直子
翻訳　伊禮規与美／澤田理恵
翻訳コーディネート　高野 優
校正　Lapin-inc
イラスト　久保田晃司
装丁　岩田伸昭

発行人　後藤明信
発行所　株式会社竹書房
〒102-0072
東京都千代田区飯田橋 2-7-3
電話 03-3264-1576（代表）
03-3234-6301（編集）
http://www.takeshobo.co.jp

印刷所　中央精版印刷株式会社

ISBN978-4-8019-1364-6　C0197